舒非 主編

香·港·散·文·12·家

# 那一隻
# 生了厚繭的手

| 何福仁 著

中華書局

□ 責任編輯：賴菊英
□ 裝幀設計：高　林
□ 排　版：陳美連
□ 印　務：劉漢舉

〔香港散文 12 家〕

主編：舒非

# 那一隻生了厚繭的手

□
著者
何福仁

□
出版
**中華書局（香港）有限公司**
香港北角英皇道 499 號北角工業大廈一樓 B
電話：（852）2137 2338　傳真：（852）2713 8202
電子郵件：info@chunghwabook.com.hk
網址：http://www.chunghwabook.com.hk

□
發行
**香港聯合書刊物流有限公司**
香港新界大埔汀麗路 36 號
中華商務印刷大廈 3 字樓
電話：（852）2150 2100　傳真：（852）2407 3062
電子郵件：info@suplogistics.com.hk

□
印刷
**美雅印刷製本有限公司**
香港觀塘榮業街 6 號 海濱工業大廈 4 樓 A 室

□
版次
2015 年 4 月初版
2016 年 7 月第 2 次印刷
© 2015 2016 中華書局（香港）有限公司

□
規格
32 開（215 mm×135 mm）

□
ISBN：978-988-8340-26-2

# 主 編 的 話

　　二〇一二年，為了紀念中華書局成立一百周年，我們推出了《香港散文典藏》。叢書收入九位當代香港最有影響力的作家，他們是：董橋、劉紹銘、林行止、陳之藩、西西、金耀基、羅孚、小思和金庸。「典藏」出版之後，頗受兩岸三地讀書界的好評。因此，我們再接再厲，今年開始推出《香港散文 12 家》。

　　在香港，嚴肅文學書籍市場本來就狹小，隨着網絡閱讀的高速發展，讀書風氣的不斷改變，文學書的空間已經越來越小，確實給出版社帶來重重的困難。在這樣的環境下，我們仍然堅持推出《香港散文 12 家》，因為我們認為香港有優秀的作家和優秀的作品，作為立足香港近百年的出版社，我們有責任為香港作家出好書，也有責任為香港讀者提供優秀出色的讀物。雖然文學市場持續低迷，但是我們不願放棄。

在日新月異的網絡時代裏，嚴肅的文學書是否有其價值？我們的答案當然是肯定的。文學看上去也許不那麼實用，但是文學是涵養人心的；讀文學作品，未必有立竿見影的效果，但是進入文學世界，肯定能為你打開一扇不同凡響的窗子，提升你的精神境界，令你一生受用。

收在《香港散文 12 家》裏的作者，背景不同，年齡不一，寫作的題材與風格更是迥異，因此也呈現出香港散文的整體風貌。相對於詩歌或者小說，散文或許比較容易掌握，但也更不容易寫得精彩。我們希望這套書，除了給愛好文學的讀者提供好書之外，也希望為有志於寫好中文的同學提供學習的範文。

舒非

二〇一五年四月

　　　　　　　　　　　　　那一隻生了厚繭的手

# 前言

　　本書用作書名的一篇，寫一位德國的熊藝家，這是真有其人的。歐洲做毛熊的藝術家很多，這可能是最好的一個。但造詣絕非唾手可得，她做的熊每一隻都表現出色的技術，都要花力氣和心思，並且獨一無二，這和工廠大量製作的不同，所以是藝術。手生了厚繭，未必就是藝術家，但要成為成功的藝術家，卻不可不經過磨練、吃苦的過程，不可沒有那麼的一隻手。

　　本書分兩卷，卷一寫的都是人物，不同的人物，真真假假，真的不是全真，假的並非全假，有些可當是小說，比較短的小說；較長的一篇《霸王別姬》，最早發表在三十多年前的《素葉文學》，朋友向我提起，自己倒忘了，原來比另一位小說家寫的同名小說要早。其他主要是近年專欄的作品，蒙一位前輩散文大家之約，字數限定，我寫的時候，也管不了是甚麼文類。我們也許

的確不必再嚴格劃分文類，如今的小說，不是借助各種形式，包括拼貼、引述、報道，等等？反過來，散文何嘗不可以伸向詩、伸向小說，打破界線，伸向想像的世界？寫作時，如果文類是一種限制，我們就不要管它。人生世相，可寫的太多了，何妨用不同的形式表現？

卷二則是隨筆、評述、回憶，即使也有寫人物，豈能沒有人物，但再沒有虛構的成分，按不同的文學雜誌要求，字數隨意，這，的確是散文了。其中〈快遞專員：天使〉一文是從上一本文集《上帝的角度》中選出，作為紀念，加上我的另一本詩集《飛行的禱告》，到了書店往往收編在宗教類，沾了天國的聖光，很好，但我其實是無神論者，不是故意的。

我曾為一本文學雜誌汰選散文的來稿，寫了一篇題為〈散文是基本功〉的前言，收結有這麼幾句，可以移來作為這篇前言的收結，要補充的是，寫了許多年，也許耽於逸樂，自己可一直沒把這基本功練好，我的手，並沒有厚繭：

　　漢語散文的傳統資產，其蘊藏之厚，絕非其他外國語文所能及。從先秦至明清，歷來都有散文大

　　　　　　　　　　　那一隻生了厚繭的手

家，而且有繼承有開拓，各有個性。西方講 eassy，總是上溯蒙田、培根，那已經是十六世紀，中國的明代。這兩位洋人，豈及一個晚明的張岱？更遑論之前的其他了，這是我的另一偏見。西方的文學史大多把散文當是詩的窮親戚，這也難怪，但我們的文評家何必拾人牙慧。我的想法是：切勿看輕散文的寫作。

# 我 的 寫 作 （ 再 版 序 ）

　　我第一次拿稿費，不是寫了什麼，而是投稿漫畫，奇妙的是，稿費由一位男士送到家來，父親和一位堂伯當時恰巧在家，驚訝極了，因為有港幣十元，在六十年代初，很不錯了。記得堂伯曾笑說徐悲鴻一幅《松鷹圖》也不過二百多元。徐悲鴻不是專畫馬的麼？當年，就像其他的中小學生，我看的主要是漫畫，那時候也可能是香港漫畫的黃金年代，許多報章都有漫畫版，又有漫畫周報，甚至日報，而且歡迎投稿。我們看許冠文的財叔、李凌翰的大隻廣。

　　小學時老師曾把我一幅粉彩畫參加比賽，得了個什麼的國際少年獎；我沒有成為畫家，不知是禍是福。稍後我偶然會看《中國學生周報》，那是受哥哥的影響，看的是快活谷；中學後來才看電

影版，陸離、羅卡、西西，全成了我的偶像。還會和同學按介紹去看黑澤明的《紅鬍子》、安東尼奧尼的《春光乍洩》、杜魯福的《偷吻》等等。文藝版當然也看，並曾投稿新苗。記憶中周報偶爾會設題徵稿，只出一個單字，我讀到綠騎士、香山阿黃等人的文章。周報詩之頁我也看，老實說，大多看不懂，最好看的還是編者西西的詩話，到編者換了人，在詩作後加上一行馬經評語就沒有興趣了。近年頗有人講「綠背文化」，這例子反而說明幕後並沒有干預。平情而論，周報其實幫助香港在六十年代成長的一代人建立正面的價值觀、脫俗的品味；在電影方面，一種國際的視野，其中凝聚並且造就了許許多多當時以至將來出色的人材；如果不是百花齊放，至少是眾花齊發，並沒有妨礙對美帝文化的反省、批判。這樣的一份報刊，在過去的香港沒有，將來也難有。

初中時當我在家裏翻到《人人文學》的合訂本時，《人人文學》已經停刊，我記得齊桓、林以亮、黃思騁等人的名字，還記得力匡「短髮圓臉」的詩句。許多年後，孫述憲先生持贈我一本《鑿空行

　　　　　　　　那一隻生了厚繭的手

——張騫傳》，我難以相信，眼前這位博學風趣的長輩，真的就是齊桓？少年時投稿，印象比較深刻的是《當代文藝》，筆名好像是「江藍」，內容是談吃之類。何以記得？因為主編徐速約我見面，他不信出自一個中學生的手筆，確認之後，歡迎我以後多些投稿。我再寫過一兩篇，換了名字，就沒有寫了。我也從沒有在這份刊物上投稿新詩，不知何故，有一本介紹香港作家的書斷定我在《當代文藝》投稿新詩。再見徐先生，那是 1980 年《新晚報》副刊馮偉才主持的香港文學座談，徐先生看來身體不好，雜誌已停，他也記認不起我了。那次座談，我敬陪末席，談的是《素葉文學》。

我小六時一位曾在中山大學聽過魯迅講課的老先生介紹我看《阿Q正傳》，我喜歡極了，整個暑假就泡在圖書館看魯迅，啃的是簡體字，從《華蓋集》到《南腔北調集》，囫圇吞棗。其中一個詞「文艺」，文什麼呢，幾乎看完了全集，才驚覺那原來是「藝」字，這個發現還是因為「艺术」，我認得「术」字。從魯迅，我學會修辭造句，不好的是，文風傾向冷嘲熱諷，他有這樣寫的社會背景，但對

年輕人的寫作，影響不全是正面的。中二時一位老師司徒天正先生向我推薦梁實秋，這是與魯迅論戰的對手，在非常時期，魯迅的文學觀當然是政治正確，但就常態而論，梁氏人性恆常之論也絕不可缺，這本無所謂對錯，文學藝術，最忌的反而是千人一腔，正如蕭紅在國家水深火熱時回歸童年記憶的呼蘭河，現在證明那是她最好的作品，也是抗戰時期傑作之一。也許性之所近吧，梁實秋的《雅舍小品》、《秋室雜文》等書，我當年翻得幾乎會背：你走，我不送你；你來，無論多大風多大雨，我要去接你。司徒老師是陸離在新亞的同學，一再鼓勵我參加周報的活動。但中學生活，我最有興趣的其實是踢球。我問：周報有足球隊嗎？答案是：好像有體育部，但問題是，可不是鼓勵你去參加足球隊啊。

上世紀六七十年代，五四許多的名家在大陸、台灣成為禁忌，香港則全面開放，英政府時期，外文書也特別多，那時在 Book Centre、辰衝等書店瀏覽，看得最多的是企鵝版，我特別喜歡歐洲現代詩的英譯，薄薄的一本，我見一本買一本。九七

　　　　　　　　　　　　那一隻生了厚繭的手

後，来港的外文書、雜誌無疑少了。當然，近年時興上網訂購，但我還是喜歡那種邂逅、驚艷的感覺，捧書在手上，摩挲一陣。中文新書我喜歡的還是台灣作家，瘂弦、余光中、黃春明、王禎和、白先勇、七等生，原本叫葉珊的楊牧，名字多不勝錄。早期搜集文星的叢書，後來則是洪範。大陸呢，文革興起，翻過流行一時的浩然，沒有興趣。我也看金庸的武俠小說，是在報上追看，到成書後反而看不下去。

因為每期都看《明報月刊》，覺得那是當時最好的雜誌，而主編胡菊人是我尊敬的長輩，我偶然也投稿新詩、小品文。如今想來，一定是生澀的東西，但胡先生一直刊用，他離開明月後主編《中報月刊》（1980），創刊時居然也發了我一首詩。

學生周報停刊後參加《四季》，然後是《大拇指周報》（1975年10月），我負責書話版。《大拇指周報》最先由張灼祥、也斯倡議。當年的張灼祥儼如是工業時代的火車頭，許多事都由他推動，開會、編輯，就在他的家。他的家也是各路朋友聚會的地方，偶爾會看見亦舒、林年同、鄭樹森。一

次，他搞了個啤酒大會，找來好幾桶生啤，賓客眾多，總得灌上幾杯，李國威坐在地上，因為對一位詩人的評價，和一位學者展開罵戰。《大拇指》沒有全職人員，沒有總編輯一職，也沒有辦公的地方，只在張灼祥、鍾玲玲家中工作，都身兼編輯及老闆，大多另有正職，論資歷和聲望，西西最高，沒有她的參加，是難以徵集這許多人的。她的《我城》在《大拇指》創刊前半年在《快報》上連載完（1975年6月）。有人後來一再說這是她寫完《象是笨蛋》（1969）之後陷於寫作的低潮，鼓勵她參加云云，當然是誑話。編《大拇指》時她仍在教書，不久又開始在報上連載《哨鹿》（1976）。當年還沒有運用電腦，文稿要另發打字，再剪貼排版，那時編音樂版的何重立是所有人的排版老師，本來我們多少都有過編輯的經驗，我經驗最淺，可也編過學生報、年刊，何重立教我們文字要從底排起，不要斷欄，然後才放大縮小圖片、標題，要有呼吸的空間。別看輕這些，因為全部是手作，從畫好一條筆直、乾淨的線開始。蔡浩泉偶然也會為報刊賜圖。各版完成後，由小克（張景熊）拿去印刷廠。記得

　　　　　　　　　那一隻生了厚繭的手

當年蒙民偉中學為全校學生訂閱，算是最大的訂戶；小思也為我們找來不少贊助。無奈開支太大，大概半年後，銷路始終打不開，負債不少，工作也實在太辛苦，加上有不同的意見，這類刊物，既然人人平等，各有分工，倘有人要主導意見，往往就產生問題。大部分創刊的舊人離去後，幸好仍不斷有新人接手。其後周報改為半月刊，已與我無關了。《大拇指》初期曾辦講座、研習班。記得余光中初到中大任教時，我曾邀請他擔任其中一次講座，他駕車到我們借來的場地，我和許迪鏘在旁認路，其實也不熟路，結果倒車調頭時撞到石壆，抱歉之至。

《大拇指》之後是《羅盤》（1976），這是我和詩友葉輝、康夫、馬若、靈石等人茶聚時聊出來的詩刊，發刊詞由我執筆，並以我在旺角洗衣街的住宅為社址。曾郵寄小量給台灣施善繼代發。施善繼也為我們找來台灣的稿，包括陳映真的訪問。林煥彰、施善繼兩位在台灣辦詩刊《龍族》，我受命替他們集稿辦了個香港的專輯。《羅盤》是雙月刊，不免經常脫期，第一期封面由蔡浩泉設計，其後有黃

仁達。出了八期，作者有西西、戴天、古蒼梧、也斯、談錫永、羈魂、康夫、葉輝、淮遠、黃維樑、阿藍、馬若、靈石、古德明（青冥）、楊非劫等等，就詩刊而論，陣容如果不是當年香港最好，恐怕也不能更好，而且，必須強調，它容納了不同的意見，不同的意識形態。其中一期有黃國彬的《論偉大》一文，也有我的《我的書桌》，有人以為這是有意為之的唱對台，其實這是一個專欄名曰「創作經驗談」，邀請作者自述創作，故同期收了馬覺的《我的工作》，談錫永的《剖白》。黃國彬的文章是我邀約的，他告訴我談論自己的作品有點難為情，不如另做一文，「儘量就個人主觀立論」云云。要說對立，那麼四個作者，呈現的毋寧是四種觀點、立場；好處也正是這種分別，但不會這樣刻意，而拙文是老早排好的。

1978 年，大學同學周國偉從尼日利亞經商後回來，有見當時香港願意出版嚴肅文學的出版社甚少，提出創辦出版社的構想，大家又在張灼祥家商議，終於確定由西西提出「素葉」這名字，成員包括西西、張灼祥、鍾玲玲、辛其氏、許迪鏘、淮

遠、杜杜、梁國頤、張紀堂，另外還有兩位我和周的舊同學。再過兩三年，又有俞風、黃襄、梁滇瑛加入。然後又有甘玉貞、余非。再後來，是朱楚真，以及多年不見的適然。鄭樹森要是在港，也一定參加我們的聚會。早期《素葉文學》由阿蔡設計，我們輪流執編，編好了再由他修改、調動，真是點鐵成金。那是我，我相信也是其他人，合作得最愉快也最充實的日子。樹森教授在美國教書時還把我寫的東西交允晨出版了《書面旅遊》。

我最早寫的專欄，是在《星島日報》、《快報》。在《星島》除了參加談錫永、蔡浩泉、黃俊東等組成七位男士的專欄（相對於小思、柴娃娃、陸離等女士著名的《七好文集》），每周一篇，七男裏我年紀最輕，其他人偶有脫稿，替《星島》畫版、插圖的蔡浩泉就電召我，我下課後就跑到阿蔡的圖騰製作公司或者《星島》趕寫，這對我無疑是很好的訓練。在《星島》我還寫過些其他，用過不同的欄名，大部分都沒有剪存。至於《快報》，後來部分就輯成小書《再生樹》。因為我在《素葉文學》湊興寫了篇小說《霸王別姬》，董橋先生看了以為還

可以，劉以鬯先生同樣以為可以，約我待報上一有空檔就寫連載小說，我滿懷興奮，認真地擬了個長篇的大綱，準備仔細的寫，誰知過不了幾天，劉先生就來電催稿了，只好硬着頭皮上馬，隨寫隨發。但寫了一陣就苦不堪言，交稿是問題，因為沒有存稿，必須自己送去，有時晚了，就送到排字房；主要還是教學越來越忙，備課、改卷、課外活動，兩頭燭燒。那時我教五班中文，連續教了五年，遠多於教育署建議的以三班為限，而教師必須對學生負責，最後不得不改變計劃，匆匆收筆，令人也令自己失望，自忖不是寫小說，至少不是寫作長篇連載的材料。我寫過什麼，已不復記憶了。偶爾，我會羨慕能夠專心寫作的朋友，但顧此往往失彼，到我真可以專心地寫，就會寫得好？未必。在斷斷續續的寫作裏，我學會的，與其說是寫作，不如說是一種做人的態度：做一個誠實的人。世間文章寫得好的人並不少見，修辭立其誠，我以為作文如作人，表裏貫徹才最重要。我的寫作好像退休後才剛開始，但令我啼笑皆非的是已有人稱我為前輩了。

　　　　　　　　那一隻生了厚繭的手

# 目　錄

## 卷二

卷 一

# 美 食 家

　　去年九月我應 H 城之邀成為美之年五星酒店的駐店食家，為期一個月，那是很愉快的經驗。我每天在酒店裏的中菜館進食，通常是晚飯；早午兩餐，我是可以自由活動的，可以逛逛菜市場，到其他酒店瞄瞄，當然更可以甚麼都不做，甚麼都不吃，讓自己的肚子放放假，遠庖廚，像一個君子。但晚上我通常會按照要求回來，坐在菜館當眼的地方吃飯，然後在菜譜旁邊打星。那是為我特製的菜譜，每天不同，四餸一湯，可以兩個星期都不必重複。旁邊附上閃閃的星星，一共五顆。五顆是最高的，如果低過三星，那就有問題。有問題，我會直接跟總經理反映，而不必表現在評分表上。這對保持水平、提高水平，較有建設性。菜館門外就張貼我過去打的星星。還附上我不同角度的食相。所以我晚膳的時候，客人進來時，總會朝我張望。看見了，就安心多

了。至少，——我曾經這樣跟總經理説笑：我沒有因為長時間在這裏進食而死掉。

當吃成為藝術，肚子也會進化，有錢人的肚子，其快感日趨相似，所能承受的苦痛也已沒有分別。至於收集紙皮、鋁罐，送到回收站的人，那是另類，他們的肚子問題，由扶貧委員會負責。這方面，容許我把話題岔開，H城的做法可以參考：政府補貼回收公司，讓它們提高回收的價錢；條件是交收只許晚上十二時後進行，以免破壞市容，予人越扶越貧之嫌。

幾乎每晚，總有人從我的桌邊走過，若無其事，其實是想看看我吃的是甚麼。這時候，侍應就會温馨地提示他們，我昨天、前天、大前天吃的是甚麼。為甚麼不告訴我們，Y先生今天吃的是甚麼呢？侍應會禮貌地回答：今天，對不起，還沒有打星啊。也有一兩個，沒頭沒腦，走來説：久仰……。然後一臉歉意地走開，當他們看見桌上寫着：別打擾，美食家正在工作。

除了每晚的工作，我按照合約出席一個由菜館主辦的吃的研討會，發表論文；並且做過一次烹飪大賽的評審。總括來説，還是蠻輕鬆的，我只胖了三公斤，嘔吐兩次。這已經是我第九次應邀駐店最好的一次，

那一隻生了厚繭的手

沒辦法，我一直用嘴巴做好我的工作。在研討會上，我提出設計一種可以吃的食譜。老實說，這類研討會，怎麼吃，已難有驚喜了；吃甚麼，更難有創意。我想講的是，當我們坐在菜館，翻開食譜，其實已經開始吃的旅程，如果這個食譜不能引起食欲，多麼失敗呢。如果食譜令你食指大動，喚起你億萬年前在原始森林獵殺的本能，想咬它一口，你急不及待了，索性把它生吞活剝，不是很美妙麼？這是一個薄餅似的食譜，文字變成餡料，可以是鴨絲、蔬菜，形式結合內容，用碟子送上，讓食客先試試，當是涼盤、前菜。意念是這樣，還有待優化，歡迎客人提出意見，對了，吃從來就是一種互動。當然，帳單就由食譜算起。擔任烹飪大賽的評審時，我對冠軍的評語是：不彈牙、不爽口，雞沒有雞味，但好吃。

# 飯禱

　　她飯前禱告的時間有長有短，短到才低下頭馬上就抬起，一秒也沒有。如果坐的是戰車，這叫「超乘」，躍下來又跳上去。現在甚麼都叫「超」，這樣快的禱告，是否可以叫「超禱」？至於長的，大概也只有四五秒吧了。別問我她禱告的內容，我怎麼知道？恐怕只有上帝聽到，但上帝怎會把人家，尤其是女孩子的私語告訴你。大概是感謝主。感謝主賜我飲食之類吧。有甚麼特別的？不過，如果是這樣，非洲的飢民，禱告的話可能就是：主啊請賜我食物，請賜我乾淨的水，但請不要賜給我愛滋病、伊波拉病。對了，這麼一來，她的禱告詞可能變成：感謝主讓我不是生在非洲。問題是你提起的。為甚麼這麼短？長短快慢，有規定的麼？最重要是虔誠吧。

　　一次她和 H 吃飯，她點了大蝦沙拉，吃前照例低

那一隻生了厚繭的手

下頭閉上眼禱告，到抬起頭，大蝦失蹤了，只見 H 跟她同時説感謝主，一臉滿意的狡黠。你知道，H 以前並不信教。我安慰她：一隻大蝦，令一個本來要落地獄的人有機會上天堂，不是善事嗎？同樣一隻大蝦，可不要令本來可以上天堂的人可能落地獄啊。我記得小時候，大概六七歲，媽媽給我買甜筒冰淇淋，我的哥哥求我給他咬一口，他本來也有，只是風捲殘雲，不，像當年赤柱放監的飢民。我説好，只能咬一口。好，只咬一口。誰知他那麼一口，甜筒就只餘下我手上的筒尾巴。後來，我吃甚麼，冰淇淋之類，辦法是先上下四周舐一遍，再慢慢品嚐。這習慣，到我結婚之前，也沒有戒掉。女友最初説，難看死了。後來，後來沒有辦法了，誰叫她中了咒，成為了我兩個兒子的母親。你以後就提醒她，要是再和 H 吃飯，——你可能不希望他們再一起吃飯，禱告前先在食物上下四周舐一遍。

　　我忽然想到，要是禱告之後吃了上吐下瀉，中毒，七孔流血，別害怕，假設罷了，你不曾七孔流血，總試過腹瀉吧，沒有？你吃甚麼長大的？我才不信。難道上帝是要考驗我們對食物接受的能力麼？你當然不會怪責上帝，你當然不會收回你的禱告，只是為免令彼此尷

尬，飯前的禱告，何不改為飯後呢？時間不過稍為推遲，上帝可以等一下，會有分別嗎？如果有，別忘了，問題是你提起的，你看現在的飯前禱告，多麼例牌？多麼乏味？一頓飯之後，經過色香味各種感官，禱告就可以有實質的內容，尤其那是令人滿意的一頓，在舒適的氛圍，譬如說，一杯上佳的紅酒，有人在旁邊拉小提琴，足以改變一個人的信念。怎麼？她當然可以喝一點紅酒。你下次請她吃飯，就要記得，要有好的環境，送一點花吧，她是一個好女孩，別自卑。已經送了？我對飯後禱告的提議，你以為呢？以往飯前飯後都會禱告，真的？怎麼我從未見過？是因為總吃得不好、不滿意麼？

# 精神病

　　我數一下，被認為精神有問題的人，有三個，最近還多了一個。他們並沒有住在精神病院，因為我經常看見他們。為甚麼不住在精神病院？我不知道，是病院也住滿了人麼？也難怪，我居住的是全城最舊的地區，最多僭建，僭建可不是權貴的專利。樓齡有半世紀，沒有電梯，住的大多低收入，不少是新移民、印裔、巴裔。早幾年其中一棟因為下層裝修，把幾根支柱拆去，整棟樓轟隆一聲塌下了，死了一些人。如今一片空地，在兩座樓之間，像沒有痊癒的傷口。我當下收到少年舊友的長途電話：喂喂，我在電視看到了，真恐怖！這種鬼地方，你怎麼還沒搬走！他的問候，變成了責備。當年他何嘗不是住在這鬼地方？不過他幸運，老頭子在九七前樓價飛漲的日子把樓賣了，以樓換樓，買了樓花，又再轉賣，輾轉成了小富，連人生觀也改變了。喂喂，你不

是也死了麼？死不去的，我答：怎麼搬？像老兄那樣搬到外國去？我們再説不下去。有些話，知道彼此分歧，是不能説的，譬如宗教信仰、政治立場。我發覺，還有居住的地方。然後我收到 P 的電話。

P 是我的女友，我們青梅竹馬長大，如果我們有甚麼長遠的計劃，那就是儲一點錢，找一個比較安樂的小窩。可近年樓價持續高漲，計劃是遙遙無期，即使加倍努力工作。兩星期前，我們在公園散步，一個中年男人霍地從椅上站起來，破口大罵，把她嚇了一跳。我見怪不怪，這男人平日在街上不是大聲喝罵，就是自言自語。我説不要怕，又不會打人的。怎麼肯定呢？她答；拖着我急急離開。我們去看電影吧，我們許久沒看電影了，看《寒戰》，你不是喜歡梁家輝麼？她小聲的答：看過了。我轉頭看那男人，衣着很斯文，他一定受過很大的刺激。

另一個，是女的，經常看見她坐在我家樓下報攤的旁邊，安靜得多，衣衫襤褸，我以為她是討飯的，一次把手上的三文治遞給她，她也不接，目光呆滯地看着前面。別管她，報販阿嬸告訴我，她以前在超市收集紙皮，後來地盤被人搶了，就變成這樣子。

　　　　　　　　　　那一隻生了厚繭的手

第三個，早些時候經常看見他坐在快餐店，總是抱來一堆雜誌、報紙，死命地翻揭，然後扔下就走了，不久又抱來一堆，時而大力拍檯。最初員工也不理他，只把報刊收起來，都是新的。後來大概經理擔心會滋擾其他人，請他離開。於是他開始在街上流連。

　　我最近參加罷工，沒見 P 兩個星期了。她反對我罷工，認定我會把工丟了。總不能永遠啞忍，永遠任人魚肉，這是原則問題，我說。她就坐在我對面，一直在把玩着手機。她是銀行的小職員，看來多麼光鮮漂亮。我們還是分手吧，我說。甚麼？她問，也沒有抬頭。我們，暫時分手吧。神經病！她說。

# 紳士

　　他是一個外國紳士，我的上司。公司有一個傳統慣例，每半年各個部門主管就分別和總經理交流會談，對業務說說意見。上一次會面，當我投訴公司資源分配不公時，他眉頭一皺，說：「這個，我不知道。」然後在記事簿上快速地書寫。

　　「副經理從一個變成四個，比總公司還要多，一面是疊牀架屋，另一面，那三個人本來的工作，都要由其他人分擔了，這是肥上瘦下。而且，」

　　「而且，而且甚麼？」

　　「造成不良競爭。」

　　「競爭也可以是良性的。」

　　「當然，這是樂觀的看法。但當有人變得對你凡事唯唯諾諾，無事殷勤，這，你可要留意了。」

　　「是的，」他說：「這在英國，也是不行的！」

　　　　　　　　　　　那一隻生了厚繭的手

「對啊，總得有人對你誠實才行。」

「絕對肯定，這就是我們要談話的原因。謝謝你的意見。」他把我送出辦公室，再說一遍：「謝謝。」

我當時感覺十分良好，他的門總是開着的，以前那一個總經理，可是一直把門關上。但才踏出門口，我就覺得有點不對勁，我們上次的談話，半年前，他剛來的時候，我不是投訴過同樣資源分配不均的問題，表示對他要增加副經理的設想不大同意，希望他重新考慮嗎？我的意見其實沒有新意，可他不是也同樣說：「這個，我可沒有想到？」他也在記事簿上書寫，同樣地，他禿頂下的眉頭一皺。

今天又是我們會面的時候，在門口迎接我的，是副經理，是其中年資最短的一個。「總經理度假去了，」他笑咪咪的說：「有甚麼意見，對我說好了。」

# 文件

　　老王開始撕碎文件，首先從中間入手，一分為二，再二分為四⋯⋯。那是一種很清脆的聲音，尤其是第一下。然後把碎紙扔到他椅旁的垃圾桶去。扔滿一桶，他就停手了。我們在沉靜的辦公室裏聽到，很不是味兒。有一個，實在忍不住了，走來天氣哈哈哈一陣，問：怎麼不用切紙機？都被我切壞了，他答。

　　他每天早上撕一大疊，彷彿計算好了，大概撕個半月，就是他離職的日子。呆在同一個地方超過三十年，櫃上就是一盒盒的文件。他上星期向總經理遞交辭職信，總經理以罕有的辦事效率回覆：辭職照准了，感謝三十多年來的工作；信後按例夾了好幾份離職前要辦妥的文件。這其中有一份，是裁汰他的部門人手，由他執行，只需填上名字，而上文下理明示是他的主意。他曾經在部門主管開會時多次提出反對，指出數據的解讀有

　　　　　　　　　　那一隻生了厚繭的手

誤，而且，儘管是一盤生意，可也不能太急功，要長遠地看。會議由副總經理主持，目的是要廣納意見。這位副總經理聽了，就說：我會把你的意見記下；說的是英文。他的英文真好，總經理喜歡他，就因為他的英文；如果還有其他的原因，那是因為他們是同鄉。然而，老王在其後的會議記錄裏並沒有發覺反對的聲音，一個英文字也沒有。

一次飯局，他向我訴苦，他鄭重的說：受不了，現在是小人當道。他越說越氣：這叫瞞上欺下。我可以說甚麼呢，他已經是兩朝元老。我只好提議他直接向總經理反映反映。他鎖緊眉頭，說：副總經理是總經理到任時提升的，副總有問題，不就等於老總有問題？新官上任，會向舊人認錯？老總也是夠幽默的，比如一次向他提議少開一些無謂的會議，不要議而不決，你以為他怎麼說：那我們開會討論一下這個問題吧？

後來，他在另一次部門主管會議上向副總經理抗議，的確就按捺不住指責副總「瞞上欺下」。這位副總，是我所見的人中，情緒商數可能是最高的一個，微笑一下，說：這，我會把你的意見記下。

於是這一份他反對得痛心疾首的差事回到他的手

上，要他馬上辦理好。

　　我們只能袖手旁觀；至於他的部門，人人自危。

　　最後，他遞上了要裁汰的名單，只有一個，那是他
自己。

　　他忽然停下來，遲疑了一陣，若有所思，最後還是
繼續撕下去。他突然走到我的檯前，把幾張照片放下：
看，當時你還是個毛頭，他說。然後回到自己面向牆壁
的座位，又開始他撕碎文件的工程。整個龐大的辦公
室，就只聽到那種清脆、撕裂的聲音。

　　　　　　　　　　　那一隻生了厚繭的手

# 退休

　　清晨醒來，看看錶，六時多，我不是退休了麼？他想，於是繼續睡去。再起牀時已是九時多了。

　　他走下大廈，大廈的管理員看見他，問：「今天不用上班？」

　　「休息一下。」他答。

　　「對啊，休息一下，真好。」

　　在快餐店吃早餐的時候，他以前所未有的速度緩慢地吃，緩慢地攪拌咖啡，而且他開始觀察其他人客。這個時候，人客稀疏，大多都是七老八十。一個中年坐在一角，攤開報上的招聘廣告。他的心情很愉快，想起一句歌詞：「笑蒼生太繁忙。」

　　第二天，同樣的時間下樓，又遇到大廈的管理員，問：「今天不用上班？」

　　「自己放假。」他答。

　　在快餐店吃早餐的時候，他又看到那個中年，頭髮

微禿，穿着整齊，抱着一個公事包，但眉頭繃緊，久不久就看看手錶。他的心情很愉快，但忽然想起書本上有一句用得很濫的話：哀矜勿喜。趕忙把嘻笑的臉色收起。

第三天，晚了一點下樓，遇到另一位管理員，同樣的問題。他有點不耐煩，答：「有甚麼好做！」

在快餐店裏他一直坐到中午，看了二十頁書，再不見那位中年。

第四天，同時遇到大廈的兩位管理員，再沒有人問他同樣的問題了。大家面覷面，奇怪地變得有點尷尬。

這大廈，住客做甚麼工作，幾位管理員都很清楚，平日出入彼此總是有講有笑，大概只有他，偶爾扯搭兩句，說話不多，大家其實也摸不透他的身份、職業，看他外表斯文，戴眼鏡，下班回來老像鬥敗的公雞，曾問他是否任職銀行，他只答：「我像嗎？」做保險？「很辛苦，但很不保險啊。」不過有時問他一兩句信上的英文地址，他反而認真地解釋。

第五天，他在同一時間出現，而且看來髭渣未剃，年紀較長的一位管理員，忽然低聲對他說：「這個年紀，抓事不難的，別灰心⋯⋯。」眼睛眨了一下，彷彿泛起了淚光。

那一隻生了厚繭的手

# 哥哥和弟弟

他和他顯然是兩兄弟，因為樣子很相像，而且總穿同一的服式，花格襯衫，短褲，涼鞋。但我不能確定誰是兄，誰是弟。走起路來，一前一後，行軍似的，前面的看來是弟弟，但留了短髭，相當健碩；後面的，樣子老了些，總是垂下頭，令他看來有點駝背，但沒有鬍髭。他們走路走得很快，走進餐室時，走得太快了，弟弟在餐板前忽然停下觀看，哥哥就碰上來，馬上收步，移後一個身位，再站定。通常，弟弟會先找到座位，指示哥哥坐下，然後自己去買早餐，再一手一盤捧回來。弟弟開始吃，哥哥也跟着開始吃。

他們大概有四、五十歲。從不見他們說話，弟弟只是偶然用手示意，簡單地。他們絕對不是啞巴，至少弟弟就不是。我見過他吃到半途，拿起手機說話，站起來，哥哥也連忙站起來。他示意哥哥坐下，自己走出門

外，繼續説話，説完了，把手機放回衣袋，另外掏出香煙，大口大口地抽。我這時留意到哥哥只是坐着，也並沒有吃，像看着甚麼，又不像看着甚麼。弟弟走回來，兩個人又重新吃起來。哥哥的刀叉掉落地上，就用手向碟裏掏。弟弟趕忙制止他，輕輕地搖手，也沒有怪責的意思。再取來刀叉，用紙巾替他抹手，把叉塞到他的手上。吃完了，又一前一後，匆匆地走了。另一次，哥哥吃了兩口，就停下，不再吃。弟弟指指食物，他蹙起眉頭，這是我看見他唯一的一次表示意見。弟弟往他的碟子掏吃了一口，還可以啊，但也不堅持。

　　我過去幾乎每天都在同一餐室看着他們到來，也總是花格子的襯衫，只是不同的顏色。兩個人面對面的坐。一次，才坐下，弟弟替哥哥整理衣服，發覺鈕扣扣錯了，替他重新再扣，還撥撥他比較稀疏的頭髮。奇怪這動作給我很複雜的感受。兩個大男人，都四、五十歲人了。他好像也意識到有人在觀看，改而整理自己的衣服。哥哥呢，看來並非高興也並非不高興，只一直安靜地坐着，看着弟弟。我也曾經在街上遇見他們，弟弟大包小包的抱着蔬果之類的東西，哥哥就跟在後面，雙手空空，走路時，只專注前面的弟弟，不看車，也不看

　　　　　　　　那一隻生了厚繭的手

路。兩個人在斑馬線前停下，我正好站在哥哥的身後，這時我發覺哥哥的後腦貼上了藥棉膠布，損傷了。綠燈時，弟弟起步，走了幾步回過頭來，他同時看見了我，有點錯愕，馬上又回過頭去。走得太快，轉眼就把我甩開了。

這一兩星期，多久了？不再見他們到來，大家好像也把他們忘記了。日子如常地過，仍是那幾種早餐，選擇不多，當季節變換，才稍稍改動一下。今天忽然看見弟弟進來，只要了一份早餐。我在看我的書本，可老想着：他的哥哥呢？他背後的哥哥呢？是哥哥嗎？疑惑的一定不止我一個。

# 他和她

　　快餐店還差半小時打烊，我拿起書本離開。我偶爾會喜歡在那個時候晚飯，然後讀一陣雜誌書報，食物難吃，但我喜歡那裏的燈光，而且人漸少了。清潔女工開始打掃。我推開門，就看見他進來，許多次了。漸漸他成為了我的時鐘，他一來，我就知道是時候回去了。他大概三、四十歲，瘦瘠，矮小；衣着整齊。這個時候，收銀員小姐，大抵已經收起大部分餐板，那種每天按時段收起、改掛的小餐板。他有時進來，顯得氣沖沖，好像害怕關了門似的。但我發覺，他其實甚麼也不要，進來後就坐在收銀檯前面的桌椅，瞪着收銀的女士。這女士，令我也留意起來，樣子不錯，就像大部分的新移民，一口鄉音，對客人很客氣，客氣得不似香港人：今天吃甚麼呢、謝謝。有一回我還未開口，她已經對我說：對不起，龍脷柳飯沒有了，何不試試其他？他和

她好像是認識的，卻從不交談，她總是在低下頭盤點。有時他會對她說一兩句話，聲音細小，但看來總沒有回應。一次，我推開門，卻看見他其實在門外抽煙。

這一次我正在沉浸在魯虛迪寫給次子那些想像的故事裏，清潔女工已打掃到我這一邊了。抬起頭，看見他在跟經理理論。經理是個大塊頭，比他高出一個頭。

「告訴我，阿蘭調到哪裏去了？」

「她走了就是走了。」

「調到哪裏去！」

「怎麼可以告訴你！」

「我會找出來的，你，你，」他用腳踢開門，轉頭咆哮，「我會找出來！」

兩個清潔女工在一旁交頭接耳，四隻手分別抓着兩把掃帚，說：

「真是撞鬼，難怪阿蘭每晚收工都要坐阿強的順風車。」

「誰叫他其實有老婆！這些臭男人。」

「不是已經離婚了？」她們就攔在我的桌前，其實擋了我的出路，偶爾也瞄瞄我，好像就是要給我解畫。

「不要小看阿蘭。」

「又勤力，又，」馬上收口，看見經理瞅着她們。

　　故事還可以怎樣說下去呢？我走出去，第一次沒有看見那男人進來。

# 告假

老張在這公司工作了二十年，從來沒有告假，一天
也沒有。我們怎麼知道呢？因為每年農曆年三十公司
吃團年飯的時候，總經理照例講一番話，內容之一，報
告哪幾位同事一整年沒有告假；那種表揚並沒有實質。
總經理的講話，照例也是廢話，大家也希望是廢話，不
然又有甚麼新措施新計劃，可就頭痛了。大家稍加留意
的，反而是這個沒有告假的名單。新任的總經理繼承這
個傳統。同事們每年都聽到老張的名字，大家大力地鼓
掌。這時候，老張總是一臉靦腆，五十多歲人了，兩耳
通紅。這一天，他當然也穿得格外光鮮。

如今又臨近歲晚了，他看着前面的空椅發愣。整個
冬季，空椅的主人幾乎每隔一兩天就告假。而且事先就
向所有同事預告：我又傷風了，不好意思哦，——她用
紙巾掩着通紅的鼻子；再加上一兩聲大家不可能聽不到

的咳嗽。真的不好意思哦。然後，不用擔心，她會自動戴上口罩。最初大家都安慰她，好好休息，多喝水。後來，聽過太多不好意思哦，有一個促狹鬼會這樣回答：那麼，後天見哦。她的確只需休息一天，就會好起來，趕得上在週末、週日前上班。否則，她就被當是連告三天的假了。所以即使經常告假，她可一直沒有超出公司容許的病假限數。促狹鬼向我們眨眨眼，在背後替她起了個花名：「冚冄 OK」。冚音契亞切，冄音拉哈切，廣府俗語指間隙、縫兒。那是說她隔天就好，就 OK。一次，這傢伙真的衝口而出這樣叫她。她瞪大眼：甚麼？靚仔，想約我去 Karaoke？她嬌嗔起來，也不似是裝的。

　　老張看着空椅，想到自己是否也要下定決心：告一兩天假，一年告一兩天假也不為過吧：我有時也會傷風感冒，坐久了，脊骨就會隱隱作痛。我只想告訴大家：我，我也是會生病的。我在這裏二十年，一直做好這份工，可有沒有人關心過我？他想到他可以計算到她 OK 時才告假，不然，一張空椅已夠礙眼的了，何況是前後放着兩張。可這麼一來，他想，誰知促狹鬼又會怎麼說：老張千年道行一朝……？而且，難保新經理不

會懷疑，他們是私下協定旮旯請假，他們在搞事。上星期，公司的報告板不是有人張貼大小兩隻鞋子，然後用電腦打字：本店改售名鞋：方便副經理擦經理鞋，方便經理擦董事長鞋。新經理大為震怒，成立了一個監謗小組，要揪出搞事分子。對公司有意見，請直接向本人反映，經理在會上說，我的門一直是打開的，包括我的眼睛，我的耳朵；不容謠言打擊士氣。這時候，經理的眼神很凌厲，好像就向自己掃了一下。

生病原來也需要勇氣。他自認無可救藥，就是那位甚麼的作家旮旯卡，變了甲蟲，不是也仍然想着要上班？

# 姨丈

姨丈不是一個普通的讀書人，不普通，那是指他讀的書，好像我們都沒有讀過，或者不再讀了。上一輩的親戚他已經是我最後的一個。我過世的父親跟他感情不錯，但其他親戚可都當他是怪人，脾氣古怪，說話古怪。記得伯父生前對他尤其沒有好感，認為他批評人多，恭維人少，一生人沒有說過一句話有建設性。建設性？我的堂弟補充一句：正能量。那是電影《星球大戰》橫掃票房的日子，一位侄女到外國留學，堂弟就在禮物卡上寫上：May the Force be with you！侄女是一個冬烘小姐，只相信天使才可以飛出這個星球。她竟然問我 Force 是甚麼意思。

我這位堂弟反而是家族裏的英雄，大家都以他為榮。他大學畢業後，入職政府，成為政務主任，一直努力工作，大概已升到相當高的官階了。一次，他忽然廣

那一隻生了厚繭的手

邀親朋戚友到他的官邸，出席兒子的生日派對。親戚幾乎都來了，也有三、四十人之多，客廳裏分成好多個小組，七嘴八舌；一群小孩追來逐去，在房間裏穿梭，老實說，大部分我都沒有見過。幾個十來歲的女孩，嘻嘻哈哈，躲進洗手間裏不肯出來，一位糖尿病的表姊唯有要借用主人房的洗手間，但被堂弟夫人表示不方便，婉拒了，只好大力地拍打洗手間的門，要趕女孩出來。從親戚的言談間，好像聽到堂弟又升級了；Force，是越來越多。

我走進書房避靜，赫然發覺姨丈也在這裏。自從父親過世，我們多年沒見，他看來一點不老。我聽到他和堂弟的說話，儼如兩種能量相遇。

「這是 Botticeli 的畫，叫花神，」堂弟說。姨丈正在瞄着牆上的一幅油畫。

「文藝復興時期意大利的大師，波提切利，不過，這只是 replica，複製品，」堂弟解釋。

「難道會是真品？」姨丈戴回眼鏡：「這裏大部分的書都可以扔掉；你做了多少年的官？」

「十八年，」堂弟有點不好意思。

「那麼你是久官了。」

「甚麼？」堂弟的臉開始漲紅。

「長久的久，就說是狗官，也沒甚麼出奇，你知道麼，你們這種官也是夠久的，中國商代的政府就開始有狗官的職位，叫『多犬』，管理打獵的狗隻，政府有一大群狗仔隊，要有專人管理，甲骨文裏就有甚麼『犬告有鹿，王畋』，狗守門、護主，而且好玩；反正我又不知道你做的是甚麼官。現在做官最重要的是甚麼，你知道麼？」

「甚麼？」

「是 EQ，而不是 IQ。你們只知棟篤笑，其實也要學學棟篤哭。」

堂弟想搭腔，他已經轉移了矛頭，向我：「聽説你連爸爸的生意也不做，寧願寫小説，你爸爸生前總向我投訴。生意人，你知道麼，有多少個是陶朱公，能聚能散？你的東西可以拿來看看麼？比得上魯迅？以為寫寫東西就可以改變世界？魯迅的第一篇小説應該由你來寫，叫《狂人日記》。」

我和堂弟面面相覷。

# 外傭

　　僱主給她一百塊錢，讓她放半天假，因為上午十時後整座大廈停電，到下午五時才恢復。她早一天已經打電話跟朋友約好，午間她會乘車到她們那一區去，在朋友下午買菜時聚聚。她來港一年多，手機已換了兩部，不是貪新，而是不小心丟了。丟的看來還不止此，還有她在祖家的男朋友。半年前她在港工作五年的大姊辭工回家結婚，她自己的僱主也放她四天假隨同回家。沒見大半年，他變得很陌生，她忽然覺得他，怎麼說呢，其實不是他，而是整個環境，陌生起來。父母原先的想法是，也讓她做外傭五六年，儲一點錢，然後回家開一間小店；像她的大姊那樣。父母是農民，住在鄉野，沒有水電，每天要打水，沒有電視，當然更沒有空調。要打電話，得向叔伯的店舖借。尤其是長途電話，還是她們打回來好些。約好了，每個星期日打回來。來港前，她

清晨五點開始，打水、做飯、耕田，累極了。書只讀到小學。她學了兩個月廣東話，就來了香港。僱主是兩夫婦，都是退休的教師。地方比較狹小，但工作清閒得多，買菜做飯，打掃，洗衣有洗衣機，天氣好時和老太太到公園散步，最重要的，是再不用大汗淋漓下田。雨天時，祖屋就放滿水盆，整夜叮叮咚咚。颱風更不得了，像和老天打仗，而且不可能打勝，全家兵來將擋，只求不要淪陷就是。

她來港兩天就愛上了電視，真是偉大的發明。太太喜歡追劇集，她也追，一邊替太太掰橙，一邊聽太太指點，她的廣東話進步得很快。另一樣同樣偉大的發明是抽水馬桶，這，還用解說麼。不知太太是否還懷念教書的日子，平日教她辨認一些簡單的中文字，還有，每天十個英文字。十個？太多了，令她連做飯也在念念有詞，man、woman，壓力幾乎比得上下田。結果改為五個，最後三個。老先生喜歡寫字，在舊報紙上筆走龍蛇。她本來想替先生磨墨、寫完了洗筆之類。先生不喜歡別人沾他的墨寶，一切自己動手，只要她收拾報紙。可是自從兒子買來蘸水書寫的神奇卷軸，不需紙墨，她變得完全袖手旁觀。先生的兒子結了婚，在老遠的新

界居住。她在廚房聽到父與子的談話。兒子說：都讓Mary做吧，別對她太好。父親說：子亦人子也，可善遇之。子亦人子也？甚麼意思？太太伸頭進來，低聲對她說：你也是別人的子女，應該受到善待。她簡直想哭。

　　她已經兩個星期沒打電話回家了，自從姊姊開了小店，爸爸就催促她辭工回去，不必再等幾年了，也回家結婚吧，一家人好歹不再分開。她祈禱時，——她每天在小房間裏禱告五次，就決定星期日一定要打電話回家，她要向爸爸解釋，爸爸別動氣啊，她和他散了，讓她再工作幾年吧，到時一家人再不用下田，再不用和老天作戰。

# 小 說 家

　　阿五。他忽然對我說。甚麼？阿五。兩天前我問起
他以前寫的一篇小說，用甚麼的名字，他有過許許多
多的化名，他想了老半天都想不出來。總是這樣，他會
忽然忘記了一些人名、一些地方，然後又記起來。阿五
怎會也是你啊，哈哈。那是一個曾經評論他的作品的名
字，表現獨到的見解，把他稱為後現代推理小說之父。
當然，稱讚他的，除了阿五，除了他的徒子徒孫，更多
的是喜愛推理小說的讀者。這個阿五，寫過好幾篇評
論，頗受讀者矚目，然後，忽然失去了影蹤。根據我的
同事Y推理，她一定移民去了。怎麼推出阿五會是個女
性？Y說，那種女性獨有的微絲小眼的洞見，那種女性
獨有的充滿溫柔的腔調，那種女性獨有的⋯⋯ Y是那種
自己獨有一種想法就非得堅持要成為你的一種想法的怪
物，你不同意，他會死纏下去。我們只好認輸。

　　　　　　　　　　　那一隻生了厚繭的手

但為甚麼是移民？小張抬起頭問。難道她出家了？自殺或者他殺？難道……我們連忙回過頭對着自己的電腦。

　　真的是阿五？好像自從遇上車禍，你跟他談話，他們說，一如他的小說，真真假假；據說這正是後現代的特色。後現代甚麼的，我自問不懂。老總要為這位前輩偵探小說家做一個專輯，由我負責採訪。我很努力的做了一番功課，單是考訂他以前的化名，已苦不堪言。阿五曾是我讀了又讀的參考。但漸漸，我從追溯裏發現一種樂趣，他這個人以及他的小說有一種奇怪的魔力，令人迷失其中。他的小說，到最後把謎底揭開，書中那位偵探，躊躇滿志，以為已經破案，其實不是，它引向另外一個個疑案。他的敍述，是各種殺人手法的呈現，但不斷拼貼，而且斷裂、建立、推翻。彷彿人生根本就沒有答案。然後，有人提到他早期的一篇小說，我在資料室總找不出來。

　　不對吧，周老師，阿五是你以前一位朋友吧。

　　不，我是阿五。他凝視着我，眼睛眨也不眨。他已經六十多歲，眼睛還可以殺死人，令我很不自在。不信，我讓你看我的身份證。

不好意思，不用。我想到看看也好，但馬上想到，沒有用的，他的本名是另外一個，他姓王。

我排行第五，八兄弟姊妹，現在只餘下我一個，周，周甚麼其實是我最熟悉、關係最長久的朋友，幾年前，當讀者認識他多於認識我，評論家以為他寫得比我好，我就把他殺死了。

殺死了？就是殺死了。殺人不難，難在，——我記得他在某本書的一句，那已經成為很爛的句子：難在毀屍滅跡。你把他燒了，他不過變成一縷炊煙。你把他吃了，可難吃死了。把他埋在牆裏？愛倫坡試過，後來一位武俠小說家再試一次。他會塞了水渠，他的血會從四樓一直流到地下流出街外。他沉吟在自己的世界裏：我一直在探索這個問題，但更大的挑戰是，殺死你自己。在小說裏，殺人總要有動機的，你好歹要有一個解釋。我把他殺了，那是因為他發現我，現在沒有甚麼大不了，——他突然像瘋子那樣抓着我的手臂，陳小姐，為了隱瞞我不喜歡異性，在這個落伍的地方，我被迫扮成男性。

　　　　　　　那一隻生了厚繭的手

# 調　查

　　他在等電梯的時候，管理員從梯間轉出來。

　　——啊，陳先生，剛才人口調查的學生找你，等了一會，明天再來。嗯。她明天下午再來，她……。

　　他伸手再按一下電梯，轉過頭來。

　　——她，其實是兩個。一個在浸會大學讀書，二年級；另一個，在科大。哦。唸的是工商管理，很不錯啊；記得麼，她們明天下午，大約二時左右再來。

　　——下午二時？

　　——當然，你有事，她們可以在這裏等等，很有禮貌，很有文化，真的有事可以讓她們下次再來，她們原來住在附近，一個二十二歲，另一個，沒有告訴我，但我猜大概也是這個年紀吧，不會超過二十三歲。

　　——你都知道了？

　　——對，這是暑期工啊，我一位侄女也有做，真

好，你會在家麼？

——會。

——侄女在理工，明年要畢業了，她是八十後尾，九十後頭。這種工作，不是比上街遊行有意思得多嗎？真的會在家？吃了飯，回來了？

——會。

——那就好了，不會花你三分鐘，只會問幾個問題，年齡工作之類，很簡單。

他想說甚麼，又不知說甚麼好。電梯門打開。他忽然想到：

——你成為她們的調查員了。

——哈哈，我看她們穿着制服，掛着證件，也不用登記了，一個姓陳，就跟你一樣，另一個姓黃，江下黃的黃。上街遊行，也不是不好，我不是這個意思。

他轉回頭來，可電梯跑了，跑得真快。只好重新打量這個同樣穿着制服的後中年，應該是五十尾，六十頭，難得充滿活力，像貓那樣好奇。

——這個陳小妹妹，有幾分像王菀之，還沒有男朋友哩。

——我的貓，十九歲了。王甚麼？

　　　　　　　那一隻生了厚繭的手

——那個歌星啊，王菀之呢，你不看娛樂新聞？我其實也不大看。我問她到陌生人的地方，不如也帶男朋友來。她說這是工作，而且，嘻，還沒有男朋友。甚麼？十九歲？也不止吧。

　　——我的貓。

　　——貓？有時在走廊散步的貓？花花？你說的是花花？十九歲，嘩，真的很老啊。乘五，豈不是已經九十多歲了？

　　電梯門開了，有人走出來。

　　——啊周太，上街？吃飯？快下雨了，不帶雨傘麼？你的小朋友呢？陳先生的貓，那隻大尾巴的花花，很神氣的哩，你以為有多少歲呢？

# 話題

　　Y久居外國，最近返港，回到新界的祖居，大感驚異，因為原本安靜的環境，竟也變得到處是人，而且大多都說普通話，四、五十年前，我們的少年時代，住在沙螺洞，儼如避秦，「不知有漢，無論魏晉」。說起來，真懷念那些日子。話題從我們在鄉村小學讀書開始。那時班房的門簷上，總窩一巢燕子，時而在我們的頭頂剪啊剪啊翻飛，老師一邊在黑板寫字，一邊就說：把牠放了。好像有後眼似的。我們就把手上吱吱喳喳的燕子放了。當然沒有要傷害牠們的意思，不過有一次，兩個最調皮的小子，我是其中一個，小息時搬來椅桌，攀到門簷上，因為在校園裏捉到了一條大蚯蚓，既然不會把牠吃掉，就送給鄰居的小燕子。我把小燕從窩裏掏出來，怪脆軟的，我忽然想看看牠羽毛之下的肚皮，於是吹了一口氣，翻出嫩滑纖小的肌膚來，小燕猛打噴嚏，傷風

　　那一隻生了厚繭的手

了麼？連忙把牠放回巢去。

後來 Y 向老師告發我們，老師打了我們幾下手心，再教我們一首詩：甚麼「誰道群生性命微，一般骨肉一般皮」，甚麼我們雖然不同類，可也要互愛。幾年後我離開新界，到市區升學，我問 Y，當我們挨打，你可也覺得痛麼，何況我們是同類？Y 瞪大眼睛，彷彿又要告發我。

那時讀的是複式，一班教書，另一班就要做練習，或者習字。奇怪我總是習字的一班。這時候我是很乖的，如果不搗蛋。班房外，經常看到城市來的學生在樹蔭下、田野間玩耍、野餐。我們旅行呢，是到城市去，到旺角、尖沙嘴。我們要先坐貨車到大埔墟，那時還沒通巴士，再坐火車。到了市區，一切都很新奇。一次，我在一條騎樓下發現寶藏，原來有一檔出租漫畫書，有許冠文的財叔、李凌翰的大隻廣，可以租來坐在小凳上看。我不過看了一陣，抬起頭就發覺，怎麼不見了其他同學？心想是他們錯過了我，錯過了這許多。於是繼續翻看。後來被老師找到，緊張極了，記了一個小過。

所以我完全了解自由行的人的心情。當 Y 的話題開始正經，問我內地來的大量訪客，對我可有甚麼影

響，我說沒有甚麼影響，只是有些人比我緊張，譬如吾家附近，旅遊車不停穿梭，兩家酒樓關起大門，只接待大陸客；五家商店，陸續變成了巧克力店。我一位朋友，住在其中一家酒樓上，出外往往要從擠在門外的人群攢出來，儘管門前貼上溫馨提示：請勿堵塞、喧嘩。整條街一地廢屑，有時充滿煙味。

　　我告訴Ｙ，對我有甚麼影響？何況我們是同胞，血濃於水？只要政府落實執行秦代已行之有效的「棄灰」：這是當年商鞅變出的一條偉大律令，是宇宙間環保的先聲，在路上亂拋垃圾，嚴刑重罰，而且連坐，把領隊司機一團人統統逮起來。Ｙ又瞪大半世紀前彷彿要告發我的眼睛。

那一隻生了厚繭的手

# 帶狗

　　我喜歡看人帶狗上街，看人，也看狗。我一位朋友說，狗和主人往往很相像，好像某些女士穿着甚麼帶甚麼手袋出遊，總是很相像的，因為那是精挑細選的配搭。狗怎麼可當衣着、手袋呢。但奇怪這麼一說，我也開始留意主人和狗的樣相，我發現，有些真的很相像；有些，並不相像。說了等於白說。兩者相像的，狗就放在手袋裏，成為衣袋的一部分，不，成為人的一部分。是狗越來越像主人，還是主人越來越像狗？抑或是兩者同居久了，互相配合呢？我完全沒有惡意。今天的狗無疑比過去的狗幸福，一如主人，都穿上漂亮的鞋子了，夏天時可免灼傷腳板；冬天時穿棉背心，可免着涼。這是人類在愛狗的發展史上的一大進步。但我以為愛是愛了，未算愛得其法，因為從來不曾從狗的角度設想：狗有自尊心，兼且勢利，這，我們知道，所以說牠們有

人性，牠們當然喜歡穿衣穿鞋，可那是牠們喜歡的款式麼？時裝界最潮流的一族，在冬夏兩季來臨之前，何不搞幾場名符其實的 Dogwalks？讓狗模拖着主人上天橋，讓其他主人陪着大小狗觀看，也陪牠們汪汪唱和。這肯定是一項有龐大經濟效益的創意產業。

許多年前，我也養過狗，早晚也要帶狗上街，而且總是牠大姊提醒、催逼我。我發覺，走在主人前面的狗，是剛剛出門，充滿熱情，期盼，愉快；是牠拖着主人跑。方便之後回家的狗呢，總是走在後頭，死枯枯，老大不願意，好像要就義砍頭。這時候，雖然是人拖着狗，卻要暗中使勁；以免途人怪異的眼光：到底誰是主人？這是經驗之談。所以我看老布勒哲爾畫冬季的雪中獵者，畫前左邊幾個獵人在山頭的雪地上下來，山下裊裊炊煙，幾頭狗都走在後頭，這應該是打獵之後回家的寫照，可見老布勒哲爾有細緻的觀察，薯蛋畫評家可是想當然說甚麼溫暖的家在等着獵人啊，所以我說，從來不曾有人從狗的角度設想：獵物不多，更沮喪的是回去後，被拴在大風大雪的門口。

人喜歡自由，狗何獨不然？狗尤其喜歡自由自在地奔跑，而不是像丹麥的舒米高、意大利的保方那樣守住

門口。別以為這又是另一句說了等於白說的話，我的意思是，如果居住在密麻麻的大廈，地方淺窄，對不起，人固然不大適合居住，更不適合狗，尤其是大狗。牠們因為缺少運動，變得癡肥，於是疾病叢生。近年因為香港立法要狗主清潔，帶狗上街的主人，往往同時就要挾帶幾張報紙之類。我每天早上上班，都碰到一位青年，從鄰座大廈出來放狗，在報攤買一份報紙。他和他的狗都胖得不得了。他老兄邊看報邊等候他的狗，然後就用報章中間的一兩頁清理穢物。今早，我遲了些，碰見他時，他的狗已經走在後頭。他手上本來一大疊報章，已經只賸下三四版馬經。對這狗，豈能不刮目相看。

# 羊　群

　　她部門屬下的職員有三個，每年都更換一遍。午飯後我們幾個人圍着正在閒聊，她經過時，停了下來，插嘴：一個另有高就，當然要走了。她大概以為我們是在談論這問題。另一個找到另一份同樣的工作，也走了；為甚麼要走呢？她自問自答：他以為新公司會容許他偷懶，可以讓他胡混！至於最後的一個，怎麼說呢，因為見其他人都走了，也只好走了，這叫羊群心理。現在的年輕人，完全沒有耐性，工作總做不長久……。

　　她說着說着，也許也覺察到氣氛太嚴肅了，大家正準備放假，忽然收了口，眼光停留在小丁身上，上下打量，令小丁異常尷尬。小丁並不屬於她的部門。怎麼穿成這個樣子，黑衫黑褲，出殯麼？她原來也會說笑。小丁苦笑地走開。怎麼連你也走了？她在後頭追問。

　　　　　　　　　　　　那一隻生了厚繭的手

# 路 試

上了的士，告訴他：旺角火車站。他開始問：怎麼走？

怎麼走？這個嘛，總之快捷就是吧。

原來老闆並不會走，那還不易辦，好，他拐了好大一個圈，又一個小彎，鬼不知神不覺，然後安全到埗。

老闆，怎麼走？他又開始查問。

你說呢？

你是老闆，我不是，我走得不對嘛，你會罵我。

每次他都像考試官，考出不會認路的老闆，就重罰多付兩三倍的路錢。

# 規 矩

　　午間茶餐廳裏兩個熟客忽然互相指罵，眼看就要動起手來，侍應及時把他們分開。他們原來是裝修公司的拍檔，每天都一起到來午飯。

　　「有話慢慢講，何必動手？」侍應説。

　　「他問候我的女兒，」一個説。

　　「你問候我的娘親可以，我問候你的女兒就不行？」另一個説。

　　「不行。」

　　「娘親可以問候，女兒就不可以？」

　　「不可以。」

　　「為甚麼不可以？」

　　「你改變規矩。」

　　「誰定的規矩？」

　　「大家每天都這樣互相問候，就是規矩。」

　　　　　　　　　　　　那一隻生了厚繭的手

「罵人不可以有一點創意？」

「不可以！你怎麼當是罵人！」

「那你也不要當我是罵人。」

「怎麼不是，你這是辱罵人家的女兒！」

看來真要動手了，侍應死命地把他們分開，情急下大喊：「你就仍舊問候他的娘親吧！」

# 善後

　　Y 忽然召集幾個老友晚飯，原來是他和 S 珍珠婚紀念。他這樣説：「我娶了一個幾乎完美的太太，只差她的父親沒有億萬家財。」S 反擊説：「我本來可以過完美的一生，如果我的丈夫不是一個窮光蛋。」這兩個歡喜冤家，説話永遠不能聽一半，因為吃緊的，或者較好的，往往是另一半。Y 退休前教了許多年書，測驗時學生問他：計分嗎？他答：唔計分，乜滯。此乃廣府話，無法翻出神髓。年輕女同事要他請吃飯，他説：請你吃飯，至奇。一次，他和同事 T 一起見學生家長，因為學生每次默書都吃光蛋，T 罰他留堂。這家長明顯是一位孝子，——孝順他的兒子，而且是大律師，馬上向校長投訴：這是 double penalty！雙重懲罰！我的兒子零分已是懲罰再加留堂是另一重懲罰何況他不會默書和他的 conduct 有甚麼關係！原來留堂要扣操行分兩分。校

　　　　　　　　　　那一隻生了厚繭的手

長當家長是老闆，老師是侍應，一聽老闆的投訴就灰頭灰臉，yes yes 之後，也不調查就數落侍應。如今把案件派給另一位資深的侍應 Y，要他好好善後。Y 是訓導主任。以下是 T 事後向老友的報告。

才坐下，大律師就咆哮：我的兒子不喜歡默書，但他是很乖的！Y 事前翻過學生的記錄，恐嚇同學、打架、偷竊，——當然不會指出來，否則又會被責有成見了。Y 答：對，貴子弟很乖，不搗蛋的時候。學校要留堂，說是懲罰，真是很大的誤解，試從另一個角度看，這其實是留學，放學後留下來增加學習時段，老師是要奉陪的，難道老師會因為他默書零分而懲罰自己嗎？

但你們混淆了成績和操行兩個概念，家長說。

是的，我們並沒有把這兩者分開來，Y 說，這是教育機構，不是法庭。你以為分開了，符合學習的長遠利益嗎？你以為不聽教導與操行沒有關係？教育的對象是年輕學生，有獎有罰，有自己的一套法則，不要以辭害意。不溫習，不是犯了學校的基本法？

留堂可以，但不應該扣操行分。

你以為我們要重新釋法？不扣分，總可以加分吧？加他兩分，其他努力溫習的同學，加四分。但求學的確

不止是求分數。

What！

如果學生偷竊，我們會嘗試教導他，而不會把他交給警方；到交給警方，那表示學校放棄主權，自認再無能為力了。這是勞思光老師說的「理份」。目前我們還不想放棄，我們只是想幫助。如果家長堅持不讓他留堂，我們只能說愛莫能助。It is up to you。

我只是要他明辨是非。

對，這是是非問題。這也不等於說我們放棄教導他，不，孟子說，教學法有許多種，不教，也是一種教，這是不教之教。

這位家長後來怎樣決定呢？我問 Y。他作覷睨狀，反問我：你以為呢？你以為我為甚麼提早退休？

那一隻生了厚繭的手

# 電 子 人

　　他新近考得了電單車的駕駛執照。他三十六歲，兒子十二歲。他們家裏有一個電子結他，他的兒子在午間練習，他在晚間練習。他們的時間表本來平均分配，但偶然總會有些意外，需改動調整，譬如他因為快要上台客串表演了，午間的時間就不得不同時挪來補課。我聽過他的表演，我同意他確實比兒子需要更多的時間練習。我想，他的兒子倒不如改玩其他甚麼的吧，趁還能夠改。兒子有的是時間。兒子有電動遙控火車。兒子有電子機槍，碰到叔伯就一輪格格格格的掃射格殺。我每次遭遇這小殺手，都要死一次。

　　他拊出駕駛執照讓我欣賞。果然是他的，我唯有禮貌地問：可以載我兜一下風嗎？——可以！但我只有一個頭盔，但我可以給你！他說完就自顧自大笑起來。像一匹疾馳而過的野馬，在空寂無垠的荒野上，留下淒厲

的嘶叫聲。我大感滿意，因為只有一頂頭盔，那就不必佔坐他剛馴服的野馬了。許多年前在新界鄉村居住，我大概十歲，一次哥哥騎自行車繞圈散步，我敬陪末座，踱步不久，忽然從車後翻滾摔下，哥哥回頭不見了小弟，大驚，以為自己的技術失手，我可是擦眼睛，掃掃塵埃重新站起，居然沒有損傷。原來我在車後睡過去，這才好夢初醒。這種經驗是輕鬆而愉快的。西諺云：「荷馬也有打瞌睡的時候」（Even Homer nods），意即：聖人都有錯。我不是荷馬，何況，電子的時間，我們久已不做荷馬的夢了。移居城市之後，近年我坐任何會跑動的東西，只要坐定，就多數會糊里糊塗的打瞌起來。早些時輾轉讀到瑞士作家弗·杜倫馬特的小說《隧道》，寫火車一次進入了隧道就失去控制，不再出洞，卻直趨深潭地獄。這是現代人的噩夢。我坐地下鐵路時想起這一切，眼巴巴的不能睡。「我們該怎麼辦呢？」如果火車真要直趨地獄，Nichis（甚麼都不能辦）！於是我從此又心安理得，夢越深沉，腦袋也越來越脆弱。

他笑完了，口角都是唾沫。他撥開額前的長髮，把九龍的地圖翻開，彷彿那上面是一望無際的沙漠，一直在期待他的君臨降服。後來他帶我參觀他簇新的電單

車。他在車屁股上狠狠的踢了一腳，咧嘴笑着對我介紹：「這是日本蹓馬牌，我老婆叫它瘋狗！」

# 皮鞋

　　午飯後還有半小時才開工，我們幾個百無聊賴，這次的話題，是年輕的 C 的皮鞋。是的，大家都留意到，他每天穿着一雙熠熠閃光的皮鞋，那種時髦的長長尖頂的皮鞋，我老想到那是從一千○一夜走出來的款式，因為有一次，那尖頭鞋之外，他還穿上上闊下窄的燈籠褲。S 女士訂正我，這是 Harem pants。對了，阿拉伯褲。但他長得不夠高，並不好看，大抵也有自知之明，燈籠褲，不，阿拉伯褲，好快就消失在文化沙漠裏，每天，我們就只見各種塗抹得可以當鏡照的尖頭鞋。

　　H 又開始發揮他的想像：要是打開他的衣櫥，不小心，一大堆鞋盒滾下來，有幾雙，像響箭，釘在地板上。我補充：總有幾條燈籠褲吧。有的，請接受 S 大姊的意見，也別打岔，我還沒有說完，多少鞋盒？二十三

　　　　　　　　　　那一隻生了厚繭的手

雙，全屬尖頭幫，他從第一天上班，就有了工作的目標：每個月買一雙新鞋，他到來剛好兩年了，為甚麼是二十三雙？因為有一雙，哈哈，已經穿在腳上。H終於說完，伸一下舌頭，瞄了每個人一眼，躊躇滿志。我想起從書上抄下罵人的話：要是還有斷頭台，這傢伙就不會溺死在公廁裏。

我不同意，小D舉手。不用舉手，你可以說話，S說。他會把鞋盒整齊地疊好，像圖書館的書本，還有編目。我是說不小心。不可能不小心啊，他每天回家，第一件事就是洗手洗手，之後小心翼翼，打開他的珍藏。對了，我應和：他會逐一打開珍藏檢視，跟它們說話，他的鞋子的確會說話，老遠就可以聽到它們的聲音，一個咯，另一個咯，應和；而且，它們都有名字，一定不會是尖頭一、尖頭二。我們不要忘記，小D又想舉手，連忙把手放下：他還有好幾種鞋油，有一種，還有香油味，他為它們細心地塗抹，敷面膜似的。

千里之行，始於足下，各位，這是對自己的腳的一種尊重，S說。我想到她一走入辦公室就脫下高跟鞋，換上拖鞋，拖來拖去，把公司拖成自己的睡房。沒辦法，這位大姊是老闆太太的麻將搭子，而且年資最久。

S繼續：可這麼一來，他每天出門，就要為穿哪一雙而煩惱，寵愛太多，雖然只有那三四雙至愛；遺憾的是，我們只有一雙腳。

　　是的，人生有太多的遺憾，他婚後第二年，太太就會嚷着離婚，H說，因為妒忌，他愛鞋子多於妻子，不是小三，而是小二十三。他忽然把聲音壓低：告訴你們一個秘密，他初來的時候，居然和我握手，那是一隻柔軟無骨的手，他一定也有一雙柔軟無骨的腳，沒有踢過球，甚至沒有接觸過泥土，他每夜足浴，為雙足按摩。

　　變態！我心想，要是還有斷頭台。玩夠了，要回公司了，S提醒我們。

　　年輕的C推門進來，奇怪他有時會忘了綁好鞋帶，百密往往一疏，我們認定他是故意的。每當他俯下身來，H就馬上趨到他面前，神氣地說：平身。這次他又忘了，聽到H得意的說平身，他拱手作揖，大聲答：謝公公。

# 恐嚇一張桌子

　　自從一位教師在公開場合跟少年學生論辯，情急之下，拍了一下桌子，——她解釋只是那麼按了一下，這方面，可沒有人會向一張桌子查問，那是溫柔的輕撫，還是敵意的攻擊，無論如何，Ｙ在課堂講書時，就不敢靠近書桌，這包括老師的、學生的，不得不靠近時，就把雙手放在背後。看來怪彆扭的，他不過二十六歲，他不過才教書兩年罷了，他平日喜歡揮動雙手，有時緊握拳頭，當他講到興高采烈的時候。他那麼雙手一放，在背後，就像快要退休的樣子，他就想到自己變成被罰定點罰球時，隊友在龍門前一字排開，守門的那傢伙大叫三個四個，正中高大的三個四個隊友就肩接肩，把雙手遮掩重要的部位，他呢，五呎七吋高，像美斯，代表大學球隊時，就發配到邊旁去，這時候，他就記得教練老在向他咆哮：把手放在背後！這是避免手被球踢中，觸

犯天條。我不重要麼？他想，我重要的部位不重要麼？但從此，他連雙手也失去自由了，他對自己說：xxx！他也會講粗口，球場上，誰不隨地吐沫，射失了球被對方踢倒，誰不 xxx？

為甚麼不敢靠近桌子，桌子會抗議：拿出你的理據，別拿我洩憤，你只會恐嚇一張桌子？你嚇怕的，其實是其他的老師。是的，當其他的老師喝罵學生、企圖喝罵，或者看來一副要喝罵的表情，死定了。Y 教的是自資學校，學費不少於大學，其中不少學生是高官子弟，這些子弟，讀了一陣，就放洋去了，寧願讀英國的國民教育、美國的國民教育，甚至澳洲的國民教育；洋人的國民教育，要你愛洋人的國，可沒有要你愛洋人的民主黨共和黨。你要是對這些子弟稍稍不敬，等於不敬他們的老子，校長馬上就收到投訴的電話。貴校老師在其他同輩面前辱罵我的兒子，對他的自尊心是多麼大的打擊哩，務請注意。這，已經是客氣的了，但別高興，訓話還沒有完。要是我的兒子有一天過馬路沒看交通，或者站在天台上發愣，貴校老師可要承擔後果。

Y 的同事 S 小姐，教的是通識，說了一句老話：失敗乃成功之母，旨在安慰一位學生，這學生通識有餘，

　　　　　　　　　那一隻生了厚繭的手

知識零蛋。誰知那學生霍地站起，問：為甚麼不是成功之父？成功也是單親家庭的麼？難道你鼓吹未婚生子？問的說的不無道理，但那態度，唉唉，S小姐轉告他時，兩眼通紅。他是這學生的班主任，不得不向家長反映了一下，卻被數了一頓，從電話的另一頭，伸來一個拳頭。他這才搞清楚，學生這種態度的遺傳因子。

那位可以向學生拍檯的教師，如果她真的拍檯，真了不起啊，尤其因為她說的是廢話，在直資學校或者國際學校教書，拍檯的，只能是學生家長，等而下之是對學生家長怕得要死的校長。可那麼一下，無形中拍在 Y 的腦袋，從此把他的雙手像罪犯那樣綑綁起來。Y 趁沒有人在課室，狠狠地踢了桌子一腳。然後，他哪裏像老師？竟然向桌子說：對不起，是這 xxx 的教育！

# 那一隻生了厚繭的手

當我和她握手，心裏一凜，那是一隻指內生了厚繭的手，掌背可是柔軟輕巧，對比很強烈。神怪小説裏的異人握一下別人的手，就全身顫抖，馬上通靈地回閃手主的過去，並且看見他的未來。我不敢肯定她的未來，但對她的過去也略知一二：她一定是因為做毛熊，指部長期擠壓、摩擦，導致表皮增積而形成厚繭。何況這是毛熊展銷會，她是其中一位最受注目的熊藝家。我對自己的想法很滿意。我把想法告訴 E，E 説：你試和真正的熊握手，別看牠大塊頭，那可是一隻柔嫩脆軟的手，那隻手會告訴你，牠的主人在冬天醒來，只需舔兩下，就可以繼續睡去，做着甜甜的美夢，直到春天到來；於是你以為那隻手一定很好味道，也要嚐一口，只見牠霍地站起來，變成三四倍高，伸出手裏的利爪。夠了，我不過説了一句罷了。

她是一個纖瘦的中年，但健碩，皮膚黝黑，眼睛有神，有神而不令人感覺焦灼。她住在德國黑森林，我懷疑她是吉卜賽人，但後來看見她的丈夫，一個德國白種人，再和他聊了幾句，又不能確定了。要不是在熊藝展銷會上，普通人會猜那一隻手的主人，是做粗重工夫的女工。你不能說我全錯，為毛熊的身體各部填滿物料時，需要很大的力氣，為鼻子穿線也不得不用力，毛熊才會牢靠地，神氣地，或坐或站。但力氣不是最重要的，不然新界不用耕田的牛已經成為牛棚的藝術家了。

　　她很幸運，戰後六〇年代出生，德國重建有點瞄頭，那一年，母親除了每年循例做給她一個Boden蛋糕，還送給她一個特別禮物：毛熊。蛋糕太硬，要到她七歲時才吃出味道，但毛熊呢，她一見就愛上了。那是大公司的製作，同一個模子大量生產，做得也精巧，但頭手腳並不能轉動，而且很輕軟。四、五十年後到她自己縫製毛熊，她不喜歡那種輕軟，她的作品都很紮實，充滿力量，可以站立，而且都有個性。一切就緣於她四歲生日的那一年。四歲，肯定？E問：就憑這麼一握手？

　　是的，每一隻手都有一個故事，意大利人說得最

誇張，德國人內斂得多，法國人就只會用嘴巴。母親給她的那一隻毛熊，一直保留，後來給了她的女兒。保存了半個世紀，髒了就洗一下澡。但藝術家用毛海（mohair）做的熊，可不能洗澡，因為體內有物料，肢體關節有鐵扣，沾了水會腐鏽，毛海只需用濕布拭抹，忌陽光，又害怕密封。她知道我們遠道來看她，就祝我們一路平安地回家。

歐洲每年至少有兩次手作毛熊展，讓各地的熊藝家聚會、交流、銷售，往往在德國某某小城舉行，這一次在瑞士。參展的人主要是女性，參觀的人呢，則男女老幼都有，仍以女性較多。在會場裏我到處握手，其中一隻，似未沾過陽春水，來自一個日本女子，她的毛熊，啊，Hello Kitty，膩死了。

　　　　　　　　　　　　　那一隻生了厚繭的手

# 一個黑奴的自述

　　《林肯》電影開場時，林肯在軍營外聽兩位黑人兵士說話，我立即想到另外一位黑人，後來國會表決廢除黑奴法案，一些黑人到來旁聽，我就想其中應該有這位黑人吧，他是道格拉斯（Frederick Douglass，1818—1895年），林肯的種族問題顧問。

　　當年的道格拉斯，大概四十七歲，在北方到處演講，鼓吹解放黑奴，我少年時看過他寫的一本書，名叫《一個美國黑奴的親筆自述》（*Narrative of the Life of Frederick Douglass, An American Slave：Written by Himself*）。這是中學時一位洋老師借給我看的，他沒有教我，但遇上總喜歡跟我們這些毛頭聊天，大抵見我老在踢球，以為我沒有認真讀書。他從一堆文件裏掏出一本小書，問我書名有甚麼特別。特別？沒有甚麼特別。為甚麼要強調是他自己寫的呢？我怎麼知道？他於

是解釋：十九世紀中期，黑奴並不識字，更不要說懂得寫作；幾天後再來告訴我，這位黑人寫些甚麼。幾天後，我找到這位洋老師，把書交還，轉身就跑。

我是看過那本書的，四、五十年過去，我還記得這位作者講的故事，後來，有機會我就向我的後輩介紹。道格拉斯在美國出生，母親是黑人，父親是白人，但因為膚色漆黑，成為小黑奴，一如其他的黑奴，需不停勞動，仍要挨飢抵餓，受盡皮肉之苦。不過他很幸運，輾轉遇到一位比較好心的女主人，這位女主人空閒時教他認字、讀書。女主人不知道當時這是不合法的。他服從教導，努力認字、讀書，就當是女主人指派的工作。從來沒有一個奴隸會追問主人，他要做這個做那個的原因；他從來不會問也不敢問：為甚麼。做好你的工作，不問是非原因，原來只是奴隸思維。可是，一次，當男主人知道夫人在教一個小黑奴讀書，他向她咆哮：你教會這黑鬼讀書，他會再不適合做奴隸！他會變得難以控制，對主人再沒有價值了！

道格拉斯無意中聽到這幾句話，十分震撼，彷彿棒打天靈蓋，他忽然醒悟自己揭開了一個奧秘，一個他長期在茫茫的黑夜裏思考、追溯的奧秘：為甚麼他們是主

　　　　　　　　那一隻生了厚繭的手

人，而我是奴隸？

　　道格拉斯寫：從那一刻起，我認識到一條從奴役通向自由的道路。我還記得，英文是這樣的：From that moment, I understood the pathway from slavery to freedom。這之後，他自己加倍努力，偷偷地學習，後來逃了出來，跑到北方去了。但即使被迫再成為奴隸，他會讀會寫，心靈仍是自由的。自由的心靈，是禁錮不了的。相反，不會讀不會寫，即使自由了，仍然受時空的禁錮。

　　有些書，你看了，一生不會忘記，這是其中一本，雖然已少人記得，雖然，這書也談不上有甚麼修辭技巧。不，書很淺白，口語，很容易看，一個小小的道理，由特殊的人在特殊的處境現身說法，就變得真切動人，極有說服力。

　　電影臨近尾聲時，民權領袖 Thaddeus Stevens 把表決的記錄帶回家去，讓同居多年的黑人女僕看，我就想：他也教她閱讀麼？

# 聖誕長者

我們的聖誕老人，並不叫老人，而是聖誕長者。他也不來自冰天雪地，遙遠的北方之極，他來自加拿大，一個叫愛明頓的地方。聖誕長者告訴我們，那離北極不遠，至少比我們近，冬天時也夠寒冷的，有二十度，大家都知道，那是指零下。有一年，郊野甚至降至四十度，那時候，你穿甚麼都不再重要了，反正就是冷。冬夜下雪，在室內的火爐邊，喝一點冰酒，浪漫得要死，不過，我還記得他變得面有憂色：清晨不鏟雪，雪結成冰，車房就封死，不能開車了。是鹿車麼？妹妹插嘴。他雙手放在頭上左右搧動：要到春天，土撥鼠醒來，才能開動啊；但冬天，大部分時間都不會出外。

他說初到加拿大那個接近北極的地方，自己一早起來，拿起鐵鏟，當是參加冬運會，運動運動。他是一個大塊頭、大胖子，像誰呢？像那個阿諾甚麼的公公，他

　　　　　　　　　那一隻生了厚繭的手

不笑的時候，的確像 Terminator。每年冬天過去，他的腰圍至少減了兩個呼拉圈，這時候，應該像阿諾哥哥，雖然我沒有見過。但幾個冬運會下來，不行了，腰疼手痛，唯有像其他人那樣，請大學生兼職代勞。這就是我的腰傷的來源，他說。再然後，他幾乎每年冬天都回來，或者在亞洲旅行，到暖和的地方去，回來就帶了許多禮物給我們。所以我們說他是聖誕老人。他可是說，這世界再沒有老人了，只有長者，no more old people, only older people。

世界不是暖化麼？妹妹問；她收到漂亮的毛熊。他答，天氣反而變得極端，越來越熱，但雪融時也可以極冷。他是爸爸大學時的好朋友，我第一次看見他時，是八歲，他帶給我一座微型屋，是他親手造的，原來他本來是建築師，到了外國，沒有工作，就自己做小小的屋子消磨時間，也許是把自己記掛的渴望的房子造出來。你以為聖誕老人，送完禮物回家後做甚麼？他說，在等下一個聖誕？那他做甚麼？我追問。他聳聳肩，監察你們，看你們有沒有做好功課。後來，我才知道，那些屋子，如果沒有人，就只有寂寞。有一年，他送給我一隻布動物，像綿羊像駱駝，原來叫駱羊，那是他旅行南美

洲帶回來的禮物。這駱羊一直放在我牀頭的小几上，讓我對南美洲生出許多的想像。

為甚麼不搬回來？一次爸爸問。我聽到他們在書房談話，談起時局，從整個世界的自然環境，到一個地方的政治，幾乎把頭搖斷。他答：當你們也在想搬出去，為甚麼要我搬回來？這給我很大的震驚。後來我問爸爸，我們也要搬到北極去麼？不，爸爸說，東西南北，不是都一樣？萬不得已，我們為甚麼要離開生長我們的地方？只要一家人齊齊整整，一家人在一起，就是。

這幾年聖誕，聖誕長者都沒有回來，他不是說過：我會回來？我真有點想念他。

　　　　　　　　那一隻生了厚繭的手

# 聖誕老人

聖誕老人，你是否一定要從煙囪進來？如果不一定，就最好了，我的家沒有煙囪。你要是為了保持傳統，那麼你就從我家廚房的一個小窗進來吧，這是我家唯一的一個窗子，我可以從那裏看見月亮。鄰家的黑貓和灰貓，也都從那裏進來。你也許比牠們胖了些，你只要把窗框推開就行了。必要時你可以大聲呼救。你的鹿車，請停泊在樓下吃角子機一旁，不要忘記餵上足夠的角子；違例泊車，要罰錢的啊。當然，我們的交通情況糟透了，你提早出發吧。

你蒞臨我家以後，務請注意我牀頭左邊的襪子破了，歡迎你把禮物都塞進右邊的襪子去。希望你不要奇怪我的襪子比其他人的大，那是我九歲時的褲子，媽媽替我把褲腳縫上了。媽媽要我們努力讀書，教我們不要貪婪，不要說謊，要有尊嚴，有骨氣，有上進心。我們

甚麼都有了，只是沒有錢。所以爸爸每天要做兩份工作，回家時都累死了；媽媽也要在家縫紉幫補。爸爸說我們不拿綜援，到我長大，更不會拿綜援。聖誕老人，如果我希望家裏的電視不要老看到雪花，夏天攝氏 35 度後可以有一點冷氣，不會就是貪婪吧？或者，我們要求住的這個房子不要不停加租，是否太過分了？我不會禱告感恩，媽媽說，我們憑甚麼會比苦難的非洲人得到更多的恩惠？

是的，非洲也有聖誕嗎？童話故事說，星星向有錢人家的孩子眨眼，也向窮苦人家的孩子微笑。那麼，非洲的孩子也會收到聖誕禮物嗎？老師告訴我，你每年去澳洲的時候，會出現在沙灘上，而且穿上泳衣。你會到非洲去嗎？那麼炎熱的地方，你可要換上通爽的運動衣，戴上寬大的太陽眼鏡，塗上防曬油嗎？聽說還要打各種防疫針，避免黃熱病、登革熱病，還有愛滋病、伊波拉病，還有，還有各種古靈精怪的病毒，沒有名字。這是長期生病的地方。你反而不用害怕獅子、獵豹，你不會遇到的，替你拉雪橇的麋鹿也不用害怕，牠們都差不多死光了。麋鹿長了漂亮神武的鹿角，都不怕冷麼？有些地方，你不去，我當然明白；有些人不能注

那一隻生了厚繭的手

射那麼多疫苗，所以也不能到非洲去。你那麼肥胖，一定怕熱，年紀也不小，身體難免會有些小毛病，例如血壓高、糖尿。你可不要隨便接受纖體療程，很貴，又不安全。如果去，就多帶一些藥物、食品，也可以給其他人，多帶乾淨的水。

天氣變暖了，老師説笑，有一天他回家打開門，發覺一隻北極熊泡在浴盆裏，再瘦下去，牠才可以躲進雪櫃；雁子呢，在討論是否還要守南飛的老規矩。聖誕老人，甚麼都變了，你還會老遠的跑到南方探訪我們嗎？

# 標　本

　　Y 小姐也來了，嚇了我們一跳。Y 是我們大學時的
校花，三、四十年不見，每年一次的舊同學聚會，總
有人跟我提起：Y 呢？好像畢業後我和她會仍然保持聯
絡。H 甚至曾對我眨眨眼說：就看你了。她是我們這一
屆土木工程系裏三個女生之一。其他兩個，S 太瘦，瘦
得像營養不良，或者患上厭食症；W 太矮，太矮了，
習慣仰起頭看人，一次，調皮鬼 D 引德古拉伯爵的名
言，說：What a beautiful throat！他認為長頸鹿就是
這樣演化而成的。Y 小姐呢，比 S 胖，比 W 高。而
且，她最會打扮，當年我認識同系所有高低班的女同
學，——整個工程學系，十多個而已，加上三年來大部
分時間泡在大學飯堂近門口的專桌，蹺起二郎腿，有時
還叼着煙，幾乎看遍所有經過的女生（沒有經過的，
能怪我們麼），我們幾個男生打分，一致通過，吾系的

那一隻生了厚繭的手

Ｙ，絕對是校花。

萬綠叢中三點紅，但這一點，奇怪很少跟其他兩點交往。她寧願和男生在飯堂、校園聊天，或者到體育中心去看我們比賽足球。工程系的代表隊是大學聯賽的五連霸，我們曾豪請文學院的書生吞十一隻光蛋，對修讀中文中史的那些書獃子來說是南京大屠殺之後最大的慘劇。Ｙ在場邊花枝招展地打氣，裙子比我們的球褲還要短。賽後她還吻了隊長一下，別緊張，面頰罷了。我就是那隊長。聽說她的男友是對方的蛋頭龍門，後來才知道分了手，只是不知道是賽前抑或賽後。

她會打扮，因為當初 Ｓ 和 Ｗ 曾向她討教用甚麼的面霜，她答：Will that help？這是 Ｄ 的順風耳聽回來的。三點從此再難湊成一個壚。其實我對 Ｙ 所知無幾，她身邊總有那麼幾個觀音兵，替她收集筆記、借書還書。她如果有缺點，那是功課不好，不過這只是相對 Ｓ 和 Ｗ 而言，這兩位，入大學時物理數學全 Ａ。教授曾罵我們：這一屆全是波牛，另外三位（他看到坐在前排的 Ｙ），是皇后，統治不同的國度。

Ｙ曾兩次接受系刊的訪問，編輯是她的親兵，她自稱對工程師一職沒有野心，興趣其實是演藝，她也一直

兼職模特兒。這兩期系刊，H 保存直到結婚前，太太就是 S。這小子是系裏的四公子之一，當年坐平治上學，令教授也為之側目。他告訴我，曾經約會 Y；再補充：其他三位也跟她約會過。可別告訴 S，他說：沒甚麼大不了，只是心裏不好過。S 畢業後，偶然也來參加聚會，養尊處優，變成雍容華貴的闊太太，成為甚麼婦女會的主席。至於 W，嫁了一位牙醫，移民去了。我們這才想到，她有一副很漂亮的牙齒。

你這是退而求其次麼？我問。不，Y 有些很特別的東西。特別？他想了好一回：可能是，太自覺吧。

這次聚會，她突然出現，仍然那麼漂亮，大家都嘖嘖稱奇，我們呢，白髮禿頭，高血壓糖尿病，每個人都有一張病歷。想不到她美艷如昔，S 低聲對我說。是的，剛做了白內障手術的 D 插嘴：她是倫敦一家倒閉蠟像館的活標本。

# 孔 子 聞 韶

　　韶是甚麼呢？我問。那是一種音樂吧，很動聽的音
樂吧，他說。他是酒店替我召來的司機，看來三十歲，
其實不像山東人，個子矮小，當然晏嬰的個子也矮小，
但他衣着光鮮，而且喜歡說話。晏嬰也很會說話，但擅
說和善說是有分別的，擅說者得依靠必必巴巴說話，一
旦閉嘴，就常人一個。善說呢，那是質的表現，有時無
需說話，卻說了許多，說得恰當。從香港飛濟南，坐在
我後面的兩位香港女士，是擅說的典範，上窮碧落，在
我頭頂，左邊、右邊，聊足三個小時，充分發揮所長，
機上並無可以掩耳的音樂設備，耳朵四方遇襲。我幾乎
想跳傘。下機時，我不用回頭，已經可以想像她們的樣
子，甚至相當了解，對不起這可不是我的想像，她們的
性生活。當其中一個說起，夾着另一個格格格的笑聲，
本來已夠乏味的飛機餐，忽然想吐。我旁邊的男乘客瞄

了我一眼，再瞪着筷上的麵條：不至於那麼難吃吧。他應該慶幸聽不懂廣州話。不幸的是，她們竟以為我也聽不懂。

我告訴這位司機小哥，我想到晏嬰的墓地、孔子聞韶處、稷下學宮遺址。我遞給他一張齊國遺址圖，只有大略的位置。行嗎？行的，找找看吧。然後他在車上打開話匣子，問我到過東周殉馬坑沒有？到過管仲紀念館沒有？沒有沒有？都有了。到過濟南沒有？我從哪裏來。這才靜默幾十秒鐘。那我可以帶你回去，帶你到機場去。過了今天再説。然後，他像導遊那樣熱情地告訴我晏嬰的故事，晏嬰出使楚國，楚人要他進狗洞去，晏嬰了不起啊，他説到了狗國才從狗洞進去。見了楚王，楚王又耍他，找了一個犯人出來。他突然煞掣，跑下車來，原來路旁有一個鄉人，他向他問路。車在田間跑了好一回，沒有路牌，沒有街名。小哥前後下過三次車，他問的老鄉當然都知道，只是向前面大概一指，到底有多遠呢？可是上了車，他又興致勃勃講他的故事。找了一個楚國來的犯人出來，知道嗎？他讓車子跑進狹窄的田壟小路，怎麼回頭呢，而且一車泥濘，可義無反顧。我對這小哥改觀過來，我之前以為他不像厚重的山東

　　　　　　　　　　　那一隻生了厚繭的手

人，其實不對，我開始問他：晏嬰怎麼回答楚國人偷東西呢？到我們找到晏嬰的墓地，他好像比我還高興。

你也不像香港人，他遞給我一支煙。我搖搖頭，為甚麼呢？從來沒有香港同胞要到這樣的地方，我們自己也不來。墓地之前，本是晏嬰故宅。石碑兩側，有晏平仲像、傳略。墳上的山頭，長滿了小樹叢。有人盜過墓嗎？我問。沒有吧，晏嬰不是生活得像叫化子嗎？我們走上小山頭，到處張望。然後我們也找到孔子聞韶處，那是小小的仿古建築，中間一個圓門。外面遍地是曝曬的粟米，他反而靜默起來，若有所思，變得嚅嚅囁囁：一種很動聽，動聽的音樂吧。再遞煙給我，我想孔子也不會再拒絕了，兩個頭湊在一起點火。

# 睹 馬

　　走進展館，只見一個守館的中年坐在一旁，也不看我，低下頭，只看着那六百匹馬。還跑得了嗎？牠們分成兩排，馬頭一律向左，睡在長方型的土坑下，蓋上玻璃罩，一睡二千三百多年，只賸下骸骨，與塵土泥石渾同。然後由考古家發掘，露出骨架，並且就地建館。馬主，據說是春秋時代的齊景公。六百匹，那是當年一個二等諸侯國的兵力，拿來殉葬，直當今天中東的石油酋長是小兒科。翻翻資料，三歲至五歲，都是精壯之年，其中一定不乏打吡冠軍的材料。可惜啊，要是香港愛馬的馬主到來參觀（馬的賭徒何嘗不是馬主），一定有人心臟為之絞痛。但別以為齊景公不愛馬，他出名奢華，好建宮室，愛馬愛犬，死時就想帶走牠們。幸好他並不愛貓。

　　我不賭馬，但睹馬，那真是漂亮好看的動物，尤其

是甚麼國際大賽，就攤開報上的馬經版，坐在電視前，亂猜半天。這是吾母給我的遺傳。她是家學淵源，她的父親是上世紀初的馬主。她晚年百無聊賴，心機就放在馬經上。甚麼二串三，一拖三，自己填好了，到樓下的投注站去買。後來投注站搬遠了，就由我去。我去了一陣就不去了，只說買了。我成為莊家，其實反正是由我出錢，也不過數十元。她從來只計算勝出的，買五十元，勝回十元，她就當勝了。好的，我就賠她十元。記得有一次，她中了個三穿一，算算有一萬多，把我嚇了一跳。當年，我的月薪也不過爾爾。她高興極了，不斷自誇看馬的心得，甚麼你知幾時，甚麼飛躍舞士，你聽着嗎？你先留着，這一季哈哈我有了本錢了。後來一位女見習騎師墮馬死了，她也難過了好一會。一位我們尊敬的哲學大師，研究四書五經之餘，也看馬經，好像也並不買。這，聽説可以避免腦退化。到母親連看馬經的精神也沒有了，我們失去一個重要的話題，我這才發覺她真的老了。

　　稱為馬經，真妙。香港的通俗文化自有特色。馬評，一如球評，另有一套詞彙；這個「三甲之材」，那個「穩位望贏」，再來一個「有備而來」，還有甚

麼「老馬有火」、「路程首本」、「冷勿盡忘」、「人馬合拍」……，十四匹有八九匹可勝，不賭的，只覺得有趣；它叫你不要賭身家。過去看董驃的馬後炮，本身就是精彩的 talkshow，母親也會跟着他說：「全軍盡，遍體鱗。」他還會改正誤讀。如今馬評球評把「中規中矩」的中唸成中間的中，而不是「眾」，就沒有人改正。

齊國也賽馬，而且分三班。《戰國策》記了孫臏教田忌以下駟勝上駟，以三比二勝了景公的後人威王。但不知賽程多少，因為齊國馬屬蒙古種，不同當今比賽的純種馬，並不以速度爭勝。也許北地的古人為了打仗，只重耐力，伯樂相的就是千里馬，跑的是馬拉松。

在臨淄的殉馬坑，我是唯一的看官。看守終於也抬頭瞄了我一眼，又低下頭來。彼此心照：還是馬好看。

# 稜鏡（PRISM）

　　我早餐的時候並不早，差不多是午飯的時候，我認為那是最好的時候，早餐的人走了，午飯的人又未來，於是整個餐室只有幾個人，差不多總是那幾個，最初他們都是我觀察的對象。一個是附近的麵包師傅，趁休息的時間研究馬經，一條腿伸到對座，一隻手總在找癢。這家麵包店我決定不會幫襯。一個肯定是退休教師，吃早餐罷了，還打領呔穿皮鞋，一次竟然問我看的是甚麼書。另一個，在室內還戴着墨鏡，老坐着發愣，如果不是逃犯，就是大富商，不過破了產。我曾以這種想像自娛，然後我全都失去了興趣。我攤開報紙，先是體育版，之後是娛樂版，我已不大看新聞，因為都是舊聞，出現在頭條的，又總是那幾個悶蛋。我慢慢喝着咖啡。抬起頭，發覺一雙陌生的眼睛跟我對望，那雙眼睛好像有話要說。我把報紙抬高，好一陣，感覺他仍然在看着

我。我起身離開，走到附近的郵局，端詳告示板上新出的郵票。轉身，嚇了一跳，那中年男子就在我後面。

你是 XXX？他問。名字沒有錯，他是我認識的人麼？

我是 XXX 之一，我答。真的，這名字太普通了，天下間這麼多普通的人。我的朋友一再要我參加他們的臉書，我拒絕了，他們說我是宅男。一位大學時的女同學，在外國電郵告訴我，你這個 XXX，網上是一個咖啡店老闆；一個大學生，女的；一個不知甚麼的，貼上了照片，她把照片傳來，真無聊，她說很失望，怎的不見幾年，你變成這副尊容了。我比她更失望，這個 XXX 並不是佐治古尼，甚至不是米奇龍利。

你沒變，他可是說。我難道會變性？

那麼你又是哪一位？我問。

三十五年前你不是主持過一個讀書會麼？每個月聚會，一起讀一本書。

你也參加了麼？

讀法蘭克福學派阿當諾之類，有一次，讀的是葛蘭西的《獄中札記》。

我怎麼會讀這些東西？除非我也坐牢，我猛力搖

那一隻生了厚繭的手

頭：那年代，男的我只讀金庸，女的只讀瓊瑤；你參加了麼，你怎麼比我還清楚？

一次你和 WW 討論陳映真的小說，幾乎動手打架。

我怎麼會笨得因為小說跟人打架？

1977 年你參加金禧事件的示威，抗議學校斂財。後來呢，你化名 AA 稱讚過自己的小說，附和的 BB 也是你吧，還有徒子徒孫 CC 和 DD。知道的，這是 ABCD，大家都知道，雖然，我一次也沒有參加讀書會。

你真的認識我？不會弄錯？我開始有點害怕，他是 CIA？是國安局？是政府收集情報的神秘組織？是另一面「稜鏡」（PRISM），監控互聯網活動？電器都是偷聽器？每個人都有一個檔案，每個人都是監視的對象？幸好他並不比我高大，看來斯文，我也沒有怎麼作奸犯科，要是我自己也記不起來，肯定不會是殺人放火。

臨走時，他若有所感：時間太快，我們是否成為了自己年輕時嘲笑的對象？

我如今坐在餐室裏，我真的老了？始終記不起他是誰。

# 天 心

「中國的近代史，是從林先生去世前十年開始的，即是 1840 年，」老人家大力抽了一口煙，用左手掃掃右手的煙霧，有點不好意思：「當年林先生限定洋人在三天之內把鴉片全部繳出，並且簽署不再販賣的保證書。結果收了兩萬箱鴉片，二百多萬斤，就在虎門的海灘公開銷毀。」

「一定是世上最大的搜毒行動。」

「對啊，一直舉行了二十多天。東莞人全都聚集在沙灘上觀看，林先生之前大事宣傳，其實也不妨就地處決幾個販毒頭子示眾。看着鴉片溶入池水，再沖入滔滔海水，許多都眼淚鼻涕直流，可惜啊，我的太爺就是其中一個。」

「他也是煙民？」

「他的爸爸，他的兄弟也是。但此後他就戒了。林

先生成為我們的英雄。」

「哪你為甚麼不戒？吸煙有損健康。」

「是銷煙，不是燒煙，不能用火燒，因為煙民可以望風猛吸，再挖土取得餘膏提煉。他的辦法是：在海邊挖了兩個大池，池底鋪上石板，然後通過水溝注入海水，再大量灑鹽。把鴉片投入池裏，再傾入石灰。鴉片於是完全溶化。再送出大海。你剛才不是還看見那兩個水池麼？」

「難怪附近酒樓的燒鴨味道很特別，令人上癮。我想，這些年鴨子一直到來暢泳，一天不來，就瘋了。」

「銷煙前，林先生寫了一篇祭海文，希望水族暫時遷走，避避煙毒。」

「伯伯為甚麼不戒煙呢？」

「洋人當然不肯罷休，這就產生鴉片戰爭，也因此誕生香港。但打仗前道光皇帝左搖右擺，畏首畏尾，把林先生貶到新疆去。當時朋友籌集金錢，想替先生贖罪，明清都有這個做法，但他拒絕了，寫信說：『馬角烏頭，皆關定數；唐太宗詩云：待予心肯日，是汝運通時。況聖心即是天心，放臣依戀之忱，固未嘗一日釋，亦惟靜冀天心之轉，敢遽求生入玉門關耶？』你在聽我

說麼？」

「聽的。唐太宗的詩甚麼意思呢？」

「要等朕的心情好，你才有運行。中國歷史就是這麼一回事，一個人的仕途、命運、抱負，以至整個城市的創意、國家的興衰，唯聽他老子，而不問是非、原則、民心，」他皺皺眉，再大力吸一口煙：「等天意轉變，林先生其實也很清楚，是否要馬頭生角，鴉頭變白？」

「伯伯，為甚麼不戒煙？」

「你不是要我講近代史麼？」

# 星空，不再希臘

我們的朋友是天文台長，四十年前我們已經這樣叫他，那些年他抬頭看天的時候比我們任何一個都多。唸預科時背默莊子的〈逍遙遊〉，幾乎全班都吃光蛋，只有他一個一字不漏，「天之蒼蒼，其正色邪？其遠而無所至極邪？」他說莊子真了不起，由一尾小魚毛魔幻那樣變身為大鵬鳥，然後旋風一陣飛升九萬里，再從大鵬鳥的角度在太空上俯看，想像「其視下也，亦若是則已矣」。他是天文學會的主席，每個月帶領同學到野外看星，或者主辦有關天文知識的活動，本來是每兩個星期，要不是顧問老師堅決反對，認為我們應該腳踏實地，多一點關心地上人間，尤其是要做好我們面前的功課；因為我們要考大學，那時代，進了大學，等於上了天堂。上了天堂，老師說：到時就可以回答莊子「其視下也」的問題。

許多年後，我才明白老師的苦心，當年學生升讀大學的機會，是六分之一。對我們這些居住徙置區的孩子，大學的確可以改變命運。老師還另有苦衷，尤其是我們每年辦一次的聯校野外觀星營，總叫他提心吊膽，因為我們這些男生，會聯同友校的女生在郊外露營，聽講座，比賽天文常識，晚上還一起看星。我和其他幾個毛頭也是為了這個特別節目，才參加天文學會的。當然，台長是我們的老友，我們和別校比賽足球，他也一定捧場打氣。記得其中一次露營，他帶領同學看星，指點天上的星宿，我們都昏昏欲睡，搞不清楚滿天星斗，也沒有興趣搞清楚，只有一個女孩始終凝神看聽，她有一雙水靈靈的大眼睛，倒映着星光。後來，後來她成為了我們的天文台長太太。

　　那曾經是多麼美好的星空呢。我們唸的是文科，數學大多不行，也是因為數學不行，或者對數字沒有好感，才唸文科。我們都喜歡余光中的詩句：「星空，非常希臘」，卻不苟同他的散文〈逍遙遊〉裏以為大鵬體現了莊子逍遙的境界。大鵬一拍翼就飛到老遠的南海去，卻要借助六月的大風，那是遙而不逍，並非一無所待。不過要進入天文台工作，卻需要數學，那是科學，

而不是文學。台長的數學比我們好，但當年的學子，很少想到職業的問題，譬如我們瘋狂地踢球，可沒有人會想到要成為姚卓然、張子岱。果然，大學時，台長唸的是英國文學，然後進入商界，再然後，修讀工商管理，忙得抬不起頭來，老天無疑越離越遠了。我們偶然聚會，就取笑他，說銀河系裏那麼多美麗的星星，他摘了最大的一顆，就調頭不顧了。他會自嘲，一見面，先向我們報告天氣，接着哈哈哈。

最近又見台長，他同樣向我們報告天氣：大陸各地霧霾，大氣裏充滿 PM2.5 有毒的金屬微粒，星空不再希臘。我們，誰都笑不出來。

# 坐牢的樂趣

　　坐牢，有時竟是樂趣。這是一位英國人說的。他指的是坐英國的牢，一百多年前的。他沒有騙你，他在坐牢期間這樣公開剖白，但恨刑期太短似的。為免有鼓勵犯法之嫌，下面純粹轉譯他的自述，而盡量把我的羨慕之情收斂起來。其實，坐牢不一定是因為犯法，這是世間淺人的誤解，犯法也不一定是不道德，有時甚至是相當道德，這要看那是甚麼時空甚麼模樣的法，我可以舉出一串偉大的道德犯，古今都有，這方面吾國幸好並沒有缺席，這本來是中學生的通識，但我怕被淺人說我為所有的罪犯臉上貼金，更大的罪名是：教唆犯法。

　　他坐牢時醫生提議他搬到監獄的醫院去，那醫生真好。那監獄的醫院有獨立的房間，很寬敞、開揚，可以一家人同住。如果你說這簡直是天堂，我不同意，難道你可以在天堂隨意裝修，重新根據自己的口味設計麼？

　　　　　　　　　　　　　那一隻生了厚繭的手

他在房間外的空地，墾出一個小院，找來肥沃的泥土、草坪，那草坪，比溫布萊還要漂亮，比香港政府大球場，——別丟自己的臉了。他栽滿了花卉和樹木。花卉是紫羅蘭之類，樹木其中一株是蘋果樹，另外一株，別老套地以為也是蘋果樹，而是櫻桃樹。不過一年時間，他就做出可口的蘋果布丁了。他為院子加建籬笆，以便跟其他犯人分隔。坐牢時，誰還會為自己再加設圍欄呢？他躲在小院內讀書寫作，自成一統。還可以編雜誌。有些人文章總寫不好，是否因為沒坐過這樣的牢？

他當然有訪客，隨時來，不用預約，沒有大哥的監視；而且來的都是佳客，有拜倫，他有一個對寫詩有害卻探監有用的爵士銜頭；還有蘭姆，就是那個用優美散文講莎劇的蘭姆。蘭姆在皇家墳場看了一陣墓誌，問：「調皮的呢？」我可以想像，一頓皇家晚飯之後，客廳裏會有人讀一首詩，一篇散文，一段尚未發表的小說，要是法官、牧師列席的話，——這類聚會，他們要是多列一點席，還會相信這些書生會鼓吹暴力，搞亂社會安寧？佳客裏他只提拜倫和蘭姆兩位，沒提的從來就比提的要多許多。譬如濟慈，肯定來過，並且寫過一首詩歡迎他出獄。濟慈用水寫的名詩〈夜鶯頌〉，據說是在漢

普斯德故居前的李樹下完成，據說罷了，為甚麼不是蘋果樹、櫻桃樹？如果我問濟慈這位妙友，他大概只會一味莞爾，那樣子好像說：人家中了獎，難道我會說彩票是我要這個窮光蛋買的？

　　他還可以出外散步，小院以外是一個公園。對英國紳士來說，散步之必要，而且要穿得有體面。他和女兒一起玩捉迷藏，睡覺時女孩還會夢囈：「不，找到我了。」這位英國人是誰？亨特（Leigh Hunt，1784—1859 年）。他在雜誌上指斥當時做攝政王的喬治四世生活胡混，「肥頭大耳」，是「大話精」，比瘋瘋癲癲的父親惡劣。攝政王也妙，沒有砍他的頭，只判他入獄休養兩年。

那一隻生了厚繭的手

# 坐牢？別羨慕

坐英國人的牢，誰會比我更有資格說話呢？那位英國作家說是一種樂趣，是典型的英式幽默，其實是反話，而且自嘲。他老弟出獄後，窮得只賸下一堆寫詩作文的朋友。我看過他們的莎士比亞，哪裏比得上拉辛或者高乃依？廢話多得不得了，他們不需演，也退化得不會演，只留下一張張嚕嚕囌囌的嘴巴。就像英國人打的仗，拖拖拉拉，把你悶死為止。我們同樣坐查理四世的牢，我坐了六年，原本是終生的，被我廢止了。整個監獄足有 121 平方公里，專為我而設，而且是一個島，在大西洋上，這地方，最多的是海龜，以及看守我的英國笨蛋。不信，你試翻翻我那幾年在聖海倫娜寫的日記吧。

一個島可以因為一位住客而世界聞名，這住客肯定不簡單，近二百年訪客不絕，那麼，你以為禁錮得了

麼？除了我住過的地方，這個島其實很討厭，大半年看不見太陽，也看不見月亮，不是下雨就是降霧，出外一回就全身濕透，英國人習慣這種天氣，可連他們也説不佳，難怪守衛長洛克的脾氣壞透了，這傢伙我在戰場上從未遇見過，他只配當刺客。要不是我提起他的名字，誰還認識他？他帶領的整團人士氣低落，個個哭喪着臉，他們遠離家鄉，其實也在坐牢，而且是陪坐。然而，英國人最愛面子，他們仍然會扭捏作態，好像那位英國作家，説：還好。他們堅持 Rooney 不單較 Messi 身高，高的還包括球技。你知道，對法國人來説，身高從來不是問題。歐洲最好的軍隊是漢尼拔所率領的迦太基軍、西庇阿所率領的羅馬軍、亞力山大所率領的馬其頓軍、腓特烈大帝所率領的普魯士軍，但最最好的，還是由我所率領的法國軍。

那麼，你大概會問：我為甚麼會打敗呢？打仗，一如烹飪，是藝術，只有法國人和中國人才心領神會。我一生打了六十場仗，絕大部分勝利，這樣的履歷，在拳壇上是絕對輝煌。當我失敗，那是因為對手不是人類：在南方，是大海；在北方，是莫斯科的大雪。害我的，全是自然的天氣。歐洲人的秩序本來要重整，然而水和

雪卻拒絕合作。地利及人和都拎在我的左手，插入我的衣袋，就只欠頭頂上的天時。有甚麼辦法呢？當年我從教皇手上搶過皇冠自行加冕，這是老天的報復？

後來，希特勒妄想統治全世界，他的問題是開打前沒有對我好好的研究。只要四天，我就可以橫渡法英海峽，進入倫敦，我不會以征服者的身份君臨，而是解放，解放英國人的思想，我會比查理四世豪爽大方。如今法英兩峽通車，英國的一邊入口叫甚麼呢？滑鐵牢。滑鐵盧本來在布魯塞爾，英國的小家子念念不忘，這就成為滑鐵牢。

洛克幾乎每天都來找我談話，可他不會敲門，老是從窗門鬼祟地伸進頭來，這樣的頭，在法國每天總要砍好幾個。上次跟我說要減伙食。這一次，我大聲說正在沐浴，要他等等也好。在我的祖國根本不需沐浴，沐浴太多會損害健康，我們用香水。

# 足球不一定是圓的

　　世侄，我在十六、七歲的時候，跟你一樣，也是老想着踢球，踢得天昏地暗，午飯時踢，放學後踢，放假了當然踢，能踢得動的東西，就踢它一腳。我到社會做事後，被人踢來踢去，令我更加相信，不單足球是圓的，人生也是圓的。足球是圓的這句廢話，來自一位西德教練，意思是球場上甚麼都可能發生，那是 1954 年，西德第一次爆大冷取得世界杯。球場上最多國罵，也最多廢話。例如電視上的球評家，球來球往，卻很有學問地向我們背書，把網上的資料當獨得之秘，令我們的眼睛和耳朵分家。就像老教授說的，如今的文學評論，老在作品外繞圈，甚麼都講，性別後殖種族，就是不講文學。不過，廢話有時也不可盡廢，就像半世紀前在花墟比賽，球飛出場外的馬路去，皮球太貴，非拾回不可。其實已被山寨王收起。一直等。那是 dead air。

　　　　　　　　　　　那一隻生了厚繭的手

我記得，一次大黑索性坐在草地上，和對手聊天。

沒騙你。那時聽電台轉播足球，盧振暄和大聲葉很少題外話。盧振暄很專業，當年買《香港時報》就只為看體育版上他的專欄。大聲葉則勝在諧趣，他有時把粵語當英語講，例如「監粗嚟」（硬幹），說成Gamtrulia；有時，又古語當今語，例如銜枚疾走。枚是甚麼東西？一種古代秘密行軍的用具，像筷子，為免軍士喧嘩，奔跑時要他們銜在嘴巴。我怎麼知道？還不是翻字典。

大黑又是誰？何應芬。小黑是姚卓然。大黑退役後經常在麥花臣指點我們這些毛頭。他說：狗仔，練好你的左腳，靠左，機會大得多。這話證明很有遠見。那時很少左腳單蹄馬，左邊的全是雙槍將，小黑、牛仔。右輔的肥油，是少有的左右腳。初學寫字，老師教我們用右手，不要用左手，好像那才正確。工廠式訓練的球員，大多右腳，在街頭出來的，古靈精怪，反而天才橫溢。知道嗎？沒有自由，就沒有好球。馬拉當拿跟小保加來港，我們看到一隻左腳同樣可以天下無敵。如今，Arsenal半隊是左腳球員。肥油是誰？何祥友。肥油踢球的時候並不肥，他的樣子像CY，不，是CY像他。

不，我把這句收回。

那年代的香港足球，領先亞洲，絕不輸給日本南韓。當年青年軍代表隊要到南洋比賽，帶隊的是老畢，老是醉醺醺的，沒騙你，我曾進入二、三十人的初選，不過機會甚微，老畢的契仔是奸仔明、馬毛，是郭指導。那時的青年軍領袖，是奸仔明。領袖，不是精神領袖，無分形上或形下，球技要好，更需會鼓舞、感染大家。除非死了，或者不在場。南華的領袖是肥油，而不是球技最好的小黑。你以為講穩守突擊、利用球場寬度之類就是精神？當我們說武林精神盟主、宗教精神領袖，都是精神廢話。

一天，老畢找我到他的辦公室去。我以為中彩了。他灌了一大口蘇格蘭黑啤，半鹹半淡的廣東話問：你想去嗎？左腳球員不多，我帶你去，——只要你給我三百元。當年一碟乾炒牛河才一元四角。向老爸要？打死好過。思前想後，足球夢其實很難圓，還是努力讀書。世侄，你呢？你踢甚麼位置？

那一隻生了厚繭的手

# 圖書館

　　臨離開，我再翻出多年來像噩夢那樣把自己纏繞的案件檔案：前後兩位中央圖書館館長無故蒸發，遍尋不獲。我破過大小不同的案，從起回被綁架的鬆獅犬，打劫銀行、爭產、仇殺，碎屍、越界跨媒體犯罪，以至作家連環忌殺同行，等等，自信成就足以媲美菲臘‧馬羅（Philip Malowe）、山姆‧斯佩德（Sam Spade）。至於福爾摩斯、美寶小姐、布朗神父，近年的湯川學，對不起，他們曝光過多，已有一套固定的查案手法，他們反而成為慣探，容易被罪犯識破。但馬羅與斯佩德畢竟同樣是小說人物，是作家錢德勒（Raymond Chandler）、漢密特（Dashiell Hammett）的頭生，換言之他們在破案之前，作家需首先犯案。兇手就是他們自己。這樣說，是有道理的，我每次接手案件，總嘗試從罪犯的角度思考，融入他或她的意識。我會重組案

情，為了破案，必要時再打劫一次銀行，殺一次人。

　　即使探中之神，終究不能盡破世間的案，也不可以制止將要犯的案。老實說，後現代的社會，案件能破與否，多少聽令群眾的熱情。一些案件，曾受媒體廣泛報道，查找一回，當新的案件發生，群眾的熱情轉移，局長不得不重調人手應付，舊案就失去艷光，隕落在無人過問的堆填區。我們會把貼在辦公室牆上的照片除下，換上新的，同樣恐怖的「肉照」。除下舊照的時候，我總滿懷傷感，我的確曾為此付出真感情，每一次。

　　第一位失蹤的館長，是著名的詩人作家博赫斯，在他退休前的一天，應該是下班的時候，他再沒有出來。他有上班嗎？幾位職員，包括他的秘書，都一致咬定：他的而且確晨早七時就坐在辦公室裏，三十年如一日，然後，他要了一杯埃塞俄比亞的黑咖啡，把門關上。裏面靜得幾乎可以聽到書頁的翻掀。傍晚門再打開，桌上只留下他的遺作：《看不見的城市》。這彷彿是他的遺書。因為負責查案，我仔細看過，它講一個城市的興起、墮落，以至敗亡。他的失蹤，我肯定是他看見了一般人沒有看見的甚麼。奇怪的是，當新任館長把書本打開，卻是空白的。不信？他再在警察局長面前表演：

看，這不是沒字天書麼。他補充，大抵見我的臉色很難看：這並不等於探長在說謊。探長對證物是不大可能說謊的，或者，這不一定是之前的同一本書，又或者，他不是這一本書的作者，更大的可能是，書本自有生命，寫着寫着，終於找到自己最貼切的形式。局長是草包，被他說的或者又或者搞得昏頭轉向，不知所云。無論如何，我的結論是：所有人都涉嫌犯案，連職員的出入都要受監視。圖書館於是變成殯儀館，愁雲慘淡，大家說話時壓低聲線，又互相猜疑。之後幾天，我動用全區的警力搜索圖書館每一個角落，有些角落，現在不妨揭露，其實只有一二高層知道，而且加了保安，內裏收藏了甚麼，就不要追問了。可都沒有成果。我甚至懷疑，他就躲在圖書館某一本書頁裏，可是當我這樣提出時，局長以為我瘋了。

繼任的新館長是另一類型的學者，身上有一種酸腐的書卷味，不過年輕英俊，深受女職員的仰慕（另一方面同時深受男職員的妒恨；只一兩個除外）。聽說他有一種特別的能力：過目不忘。他的眼睛只需在書頁上一掃，就甚麼都瞄下了，儲存在腦袋，隨時放大縮小，拉近移遠。但馬上我們就知道，某些天賦未必是幸福的

恩賜。他掃過的書本一大堆，卻叫他吃不消。他精通分類，卻拙於也捨不得運用圖書管理學的絕招：註銷。書本排山倒海從四方八面湧來，所以他每天都在喊頭痛，而且越來越痛。他告訴同事，人群不斷從書本湧現，都是那些被禁止、受歧視、沒人讀過的，像枉死的鬼魅，追纏着他，希望他的拯救。之前，他修讀圖書管理學的時候，從沒這種經驗。他不是可以把書本的文字變走麼？上一次，難道只是魔術的掩眼法麼？這樣說，我並沒有揪他後腿的意思，這應該是唯一的治療法。因為他看過全城的中外名醫，都治不了他的怪病，到頭來，他自己去翻醫書，更加糟糕，他成為病入膏肓的醫書專家。最後，他的秘書聽到他的呼喊，破開門，椅上只賸下八十四頁的書目，這些書，有的還沒有出版，有的從沒有人看過。

其中一本，是我一直在寫的偵探小說，我問過他的意見，而從沒告訴其他人。他請求我改寫結局，最初只是禮貌的建議，後來變成聲淚俱下的哀求。我說當然可以改，問題在改了我要確保在中央圖書館的一個位置，哪怕是一個不顯眼的位置。出一本書不難，但放在書店裏，書本是歷時的，新的不斷淘汰舊的，那是作者殘酷

的戰場。舊的，從此收藏在書倉裏，最後成為碎紙堆。而且，書店當眼的位置，總是由風水、烹飪一類書霸佔。在圖書館，書本卻是共時並置，反正書本必然成為歷史，但畢竟可以棲遲一段日子。幸運的話，還可以較長久地保存，譬如說，作者自己經常借閱。

最近，一位超級地產商在報上開始連載他的懺悔錄，令大家大開眼界，比任何小說都吸引人追讀，已有人提名他為下兩屆的年選作家。大家對失蹤的圖書館館長再沒有興趣，把他們註銷了。

我把書目從密封的檔案抽出，偷偷帶走。

# 發怖會

　　他要舉行新書發怖會。是的，是發怖會。當消息傳開去，據說有四、五千男女報名參加。他是電台的DJ，凌晨一時，當播音室血淋淋似的紅燈亮起，他才開始發聲。那種把聲線壓低，充滿磁性、感性的聲調，不是發自天使，就是來自改了天使立場的魔鬼。總之不是常人的聲音。對不再純真的成年人來說，地獄比天堂有趣，魔鬼也比天使更有魅力。那時的播音室，只有他一個，像磁場，大家身處各地，在車上，在牀上，可都聚精會神，所有的感官都讓位給耳朵，只餘下卜卜卜跳再不屬於自己的心臟。

　　他說甚麼呢？怕鬼的故事。他每夜說一兩個，再配上淒厲的純音樂，如泣如訴，如怨如訴，討債討命的討。也有些只是演唱會的現場錄音，有些歌手唱 live，直唱得你毛骨悚然，冷汗直冒。一次，因為廣播處收到

　　　　　　　　　　　那一隻生了厚繭的手

數百人的投訴，他在開講之前自辯，提到小時候看過一本書，叫《不怕鬼的故事》，結果越看越怕。怕還要看？這就不止是好奇、自虐、好犯險，根本就是人性的黑暗。佛洛伊德只知道性主宰我們，可不了解性的背後其實是鬼在作祟。治療的方法，他忽然把聲調拉高：面對他，像我們面對自己，承認我們內裏有鬼。社會上不是充斥笑嘻嘻地吃人的鬼怪？對抗鬼怪，不是成立捉鬼敢死隊，不是身掛蒜頭手握十字架，不是畫符唸咒，中西匯演，不是的，他那種抑揚頓挫，令浪漫男女癡迷瘋癲的聲調，只會把大悲咒、楞嚴咒唸歪了，而是，他說得坦白：自己也成為鬼怪。身入鬼群，再內爆；又或者，讓群鬼當你是自己鬼。

　　他的怕鬼故事，講了一年多。敍事者就是魔鬼自己；每次變臉為局長、地產商、導演、銀行家、風水師、詩人。不過每次也會遇到對手，也許這人間還沒有爛透，還有守護天使吧；有魔鬼，就有天使，兩者互相依存。因此他不一定得勝，不可能永遠得勝。如果血腥、殺戮、傳染病毒、饑荒，無日無之，仍會喚起我們恐怖的感覺，沒有變得麻木不仁，那說明我們其實是在天使的庇護下幸福而美好地生活。可這麼一來，我們每

夜聆聽，參與魔鬼的廣播，又成為共犯了。

其中一次，他講一位行將就木的富人，為了延續生命，懸賞尋找魔鬼。肉身不存，靈魂焉附？反正大部分的靈魂都上不了天堂。年輕時逃避德古拉伯爵，老了，卻祈求伯爵降臨，在頸脖子那麼一咬。這是另一種安樂死。夜裏，老人院的門不是許多都打開？由於聽眾越來越多，不少人聽到清晨，然後一雙雙魔鬼眼睛上班，日間的話題還是黑夜的鬼怪。全城陷入一片陰霾，你知道，這城市陽光的日子本來就難得。

出版商當然打他的鬼主意，要把他的故事出版，並且辦一個發怖會。發怖會不在書店舉行，而是在一幢棄置的唐樓，那裏一直鬧鬼。臨近發怖會，他忽爾擔心聽眾看見他的真面目時會失望，嫌不夠恐怖，問我應否化一點妝。我說放心，遞給他一面鏡子。他慘叫一聲，摔下鏡子跑了。

　　　　　　　　那一隻生了厚繭的手

# 金句

「我並不喜歡電影的所謂金句，奇怪，」R 說，那是看完《一代宗師》之後在茶餐廳開始的話題，他喝的是齋啡。

「金句奇怪，」S 接口，不過接的總是最後的幾個字。R 說不要替我加糖，S 就說加糖。S 是 R 的弟弟，我懷疑他們是同父異母。

「為甚麼說見自己，見天地，見眾生呢？這不單是次序問題。」

「次序問題。」

「我是說，電影要通過視覺影像來表現，講故事，或者講道理。」

「講道理。」

「那些電影史上一代一代的宗師，說過甚麼金句？譬如小津安二郎，譬如希治閣，奇怪我記得他們的影

像，卻記不起有過甚麼金句。你別再打岔。」

「打岔。」

「譬如這一句，我們都記得的，是金句麼，Play it again Sam？」

「你叫我？玩甚麼？」S 瞪着他的哥哥 R，令我們大笑起來。

「電影的葉問，賴武術為生，沉迷武術，一直在追尋宮氏的八掛六十四掌，從宮二，到那位隱退的高人，結果或者忘了，或者遲了，葉宗師看到甚麼呢？擔得起這句話麼？跟我說一遍：擔得起這句話麼？」這次 S 倒沒有接上來。

「這電影，你喜歡嗎？」R 忽然對弟弟溫柔起來，「你不是一直要我帶你看這電影，喜歡嗎？」

「喜歡。」

「從這電影突出的肢體語言講，宮二是掌，葉問反而是拳。看掌，我們就看到她扳直的掌相，裏面有命運線，有愛情線，這人物，推動整齣電影，並不是因為戲份的量，而是質，她立體，有變化，是一個 round character，這就深刻了，我對這演員以往談不上好感，因為這一次成功的塑造，演得好，最後一次見葉問

時，為蒼白的臉塗上口紅，令我改觀過來。葉問這角色呢，比較之下就平面了，flat 了，感情曖昧，一直宗師，宗師到底。見這見那，要一個過程，可他其實始終停留在見山不是山，見水不是水。這角色，純靠演員的魅力。我還沒有說完。」

「說完。」

「據說，嬰孩出生時是緊握拳頭的，人離世時就鬆手，仍握着拳頭，就是放不下。顯然女的從緊握開始而最後放手，男的則始終拳頭緊握。但電影的確很好看，影像華麗，精雕細琢，充滿佳句，影像的佳句。無需甚麼我選擇留在我自己的歲月裏之類由嘴巴說出來的所謂金句。」

「莎劇不是充滿金句麼？」這次我接口了。

「莎劇主要是聽的，不是看的，當年的對象與其說是觀眾，不如說是聽眾，是 audience。當然，我並不完全反對金句。」

「反對金句。」

「但要有上文下理，要結合人物性格。而不是孤立的，討好的，好像有點哲理的廢話。有趣的是，這是一齣複調的電影，不單南腔北調，敘事也有兩種聲音，一

種是葉問自己的，另一種，那是第三身的作者。」

「作者？」

「別的作者不行，但這是典型的王家衛，我們習慣了他的不完整沒有完成的風格。他看見許多跟我們擦身而過的東西，例如那位一線天。」

「一線天。」

「對了，別追問，反正都沒完沒了。」

那一隻生了厚繭的手

# 小便的超越

　　少年 Pi 有那麼一個花名：小便，在學校裏當然弄出許多笑話，通俗的笑話，而不是庸俗。通俗和庸俗，層次是有分別的，那是打通雅俗，所謂「道在尿溺」。在原著裏，那是「屁腥」，並不好笑，電影就好笑了。那位印裔童星，形神都嚴肅認真，眼睛深邃靈動，他對宗教的追尋、思考，遠比西方洋童有説服力。不是説天下間的西方洋童就沒有一個不會追尋、思考宗教問題，但這畢竟是「戲」，要説服觀眾。而且，要有文化的底蘊，他耳濡目染天主教，卻不大可能遇上伊斯蘭教，尤其不會邂逅印度教。都遇上了，像電影裏日本型的影評家會面面相覷，滿臉憂戚：我們怎麼寫報告？

　　開初小便種種，也是原作回溯的寫法無法比擬的（作家用第一身，扮作主人公自述）。這是文字之短，視像之長。電影馬上就把過去變成當下，給觀眾一種臨

即感（sense of immediacy）。

吃着小便這個趣味線，成為前小段電影引人入勝之處，其實也有深意，當他要和老虎相處，小便再玩一次，他想用小便來劃分地盤，老虎也如此這般回報，這成為人獸的共通語言。但這方面，你算老幾？由得你發號施令麼？這電影其實也打通了各種既定的劃線。

小便甚麼教都信。書裏三教智者在少年父母之前爭辯，各自以為是唯一的真理，我覺得多此一筆，這是對少年純真的干擾。電影高明多了，並無這種下作（書中的確不少費詞，例如日本人不相信少年說香蕉會浮，就真的試試，果然）。在少年眼中，所有宗教都是好的；他不會明白大人爭甚麼，然後和盤托出。倒過來，如果善信不以為有問題，為甚麼代理人會覺得有問題？少年這種心靈，不如說是對宗教的超越，一如後來他和老虎在逆境裏同舟相處，是人和獸的超越。

電影裏，他爸爸代表另外一種宗教：科學理性。書中爸爸則是純粹的生意人，無神論者是另外一位老師。科學，少年同樣相信，豈能不信？科學的知識幫助他求生、走出食人島。問題是成人的世界，總在劃界線，在界線之內才感覺安全，不容逾越。理性更不能處理人的

　　　　　　　　那一隻生了厚繭的手

性靈。電影還加插一段少年的初戀，這是書中所無的，加得真好，而且點到即止。所有少年的回憶，豈能少此一章？當然，印人的婚姻至今大多仍奉父母之命，但李安聰明，呈現父母是新派，他們的結合，就打破了階級的界線。

文學藝術也是這樣，可以超越所有的界線。小便後來成為大便，整個故事就以少年成年後的敍述做框架。當他告訴別人海上漂流的故事，不信？他就講一個可信的版本，當然不能解答沉船的問題。哪一個真哪一個假？這也是一種超越。

最後一句：這是李安超越無數海上電影的傑作。

# 我 恨 太 空

我恨太空！這是《引力邊緣》女主角在太空中掙扎求存時的一句話。電影中充滿宇航的「行話」，連甚麼太空漫步的記錄也是，可都說得直接顯淺，讓我們這些行外人聽得懂，是否真是行話，由專家鑑定好了，並不重要。說得易懂，這是因為資深的太空老手向新手說的，他教她如何脫險，其實也在教觀眾，於是也幫助我們設身處地，融入這災難的角色。多年來的科幻片，許多都故弄玄虛，令人莫名其妙，說是科幻，可能只是幻科，幻想自己有科學。災難是他們的，我是屏幕下觀火，沒有共鳴。當然，這方面拍攝技術也大有助益，擬似漫長的單鏡頭，記錄似的寫實，予人真切的即臨感，加上出色的音效，令其他同類型片瞠乎其後。

一老一少的角色配搭甚多，往往是警匪片，一個扮演導師，重頭戲照例還是由資歷淺的一位擔綱。這次

那一隻生了厚繭的手

是一男一女，最後由女的單打獨鬥，不是的，他仍然是而且名符其實是「精神領袖」（球評家喜歡說某某在球場上是精神領袖，生造「精神」一詞，彷彿某某已經死了，成為形而上的東西）。但他們這次對付的不是黑幫，不是恐怖分子，而是太空垃圾，是地面用導彈擊毀的廢置太空基地，碎片向他們的太空船橫禍飛來。電影告訴我們，太空有這樣那樣可怕的垃圾，而且會依時依候襲來。環視全球，只可能來自俄國或者中國，但中國有龐大的電影市場，絕非碎片。當然男的補充說，他們有權這樣。而且，女主角得以回到祖家地球，還要依靠俄國的基地做中介，然後去到中國那兒，從一個危機到另一個，真虧編導想得出，一巴掌再獎賞，廢物也可以救人，讓大家高興。

男的一直喋喋不休，他有很多故事，說過又說，還不停播放歌曲，好像跟沉默的她是強烈的對比，貌若輕鬆，好玩，好像一切都在他的掌握之中，都屬於他的知識領空。當你在茫茫寂寂的太空中孤零零地漂流，你還有缺氧的難題，別怕，他會教你救你。他甚至啟示她到時候要「放手」，他表演了一次，原來她剛失去女兒，也許因此抑鬱地埋頭工作而遠離人世。但其中一

個故事，他告訴大家，當他飛過下面地球的老家，他太太跟人跑了。他會自嘲。人間原是傷心地，太空反而是逃避。

但嬉山嬉水，莫嬉太空，那可不是人玩得起的。在最艱難的時候，女主角發覺人世的可愛，本嫌它吵鬧，連人世的狗吠，也變得可親了。最後能夠腳踏實地，不管哪裏，摸到泥土就好。電影高明的地方是，令你讚嘆科技的進步，另一面又自我瓦解，真的，技術遲早會變得落後。當我聽到女主角說：我恨太空！我深有同感。有趣的是愛和恨往往交纏，美麗的，同時是危險的；可愛，同時可恨。

# 得憶者

　　失憶者往往就是得憶者，失去的，是他的某些感官知覺，而不是記憶。他記得的，比別人的都要多。譬如說，他記得 A 欠他的錢，欠多少？六千元。你問 A，A 不是不記得，而是根本否認：你信不信，我會向這個窮混蛋借錢？於是這成為他額外多出的記憶。倒過來，B 曾給他三千元，為甚麼給他三千元？B 解釋那是因為他說他認識出版社，認識四十年前微時的阿甲，當年稱兄道弟，如今哎呀是出版界鉅子，可以以超低價替 B 出書。他說，你以為阿甲出的都是好書，都暢銷麼？其實是因為中了六合彩，連中兩次。其中一次，他越說越興奮，嘴邊濺起了泡沫：是開彩前我叫這薯頭買的，最後的三個號碼是168。後來有人問阿甲這薯頭，阿甲說當然認識他，但半世紀以來，見面不足五次，加起來沒說過多於十句話。失憶者沒有說錯，只是當他做

回憶錄時總多了些甚麼。

　　無論如何，當時 B 感激流涕，他一生人就渴望成為作家，但老找不到出版商。寫支票給他的時候，要左手按着右手，因為抖得要命。然後，等了半年，又半年，再等年半，又年半，按不住了，打電話問他。他答：你媽的沒錢開飯，到舍下最多添兩根筷子，你媽的……。把 B 嚇個半死。B 以為彼此再無話可說了。三千元事少，作家夢碎，的確大失所望，但這個朋友，好歹算是一場朋友啊，恐怕從記憶裏失去了，反正朋友本來就不多。每次跟他聊天，聽他的故事，總是一邊說一邊眼泛淚光，到最後，兩個大男人幾乎要抱頭痛哭。通電話後兩個月，忽爾在酒樓遇見，他老遠就大叫：BeBe，我介紹我的女朋友你認識！所有茶客都隨聲搜索，有的差點連到口的燒賣蝦餃都噴出來。他繼續神氣地大叫：Be——Be！不認識我麼？B 尷尬得想死，這些每天見面其實並不認識的茶客，發覺自己竟然有一個幼稚得那麼kawaii的名字；而且，咦，他不是有老婆的麼，怎麼又多了一個？

　　他有一張名片，排滿了厲害的銜頭，宇宙奇趣研究會名譽顧問、太平洋太平學會理事、北半球南方語言

　　　　　　　　那一隻生了厚繭的手

同鄉會代表、國際文化論述精英協會執行委員會港區副主席，等等，有些，名字不易理解，像神秘組織，例如UWO行動組特邀幹事。B接過一張，湊到臉上瞇起眼睛細看。UWO是甚麼？問過他，原來他也不大清楚。人家頒給我的，那麼多，難道我要逐一記住麼？我又不好名不好利，面子是人家給的。換言之，這是甜品，不能果腹，卻是晚餐之後最甘美的記憶。他早年當然學過ABC，不然，怎麼會談到海明威的 *A Farewell to Arms* 時隨口就譯出《再見臂膀》呢？UWO，B把名片從保險箱裏拎出，戴上老花眼鏡，推敲了老半天，那大概是unidentified writing object。對了，不還錢給我算了，反正不可能討回，就提名讓我參加這個團體吧，三千元當介紹費，如果要多加一千幾百，看來也值得考慮，對，底線我可要牢牢守住，馬上就打電話給他。

# 獨裁者

　　他永垂不朽，這當然是褒詞，但總結一生，他是個快活的人嗎？是的，如果權力至極會令人感覺幸福。可以肯定的是，他得了天下，卻沒有贏得一個溫愛的家，他也沒有給任何人一個家的溫愛。他恨自己的生母，以母親為恥；他也從沒有獲得過父愛，父親到底是誰？那個叫仲父的人，是否一直覬覦自己的皇位？他自幼在敵國裏當人質，受盡欺凌；把他當成賭注，或者貨品那樣買賣。這仇恨之火成為他發憤有為的動力。為了統一天下，他可以向所有能夠幫助他的人紆尊降貴。但這種仇恨之火並沒有因為一統天下而熄滅。他把兩個同母異父的弟弟殺了。

　　妻妾千萬，所以他也沒有愛情。他有數十個兒女，有些，記不起名字。他認為長子不肖，一再頂撞他，就差遣他到邊關去。小兒子看來倒很會討喜，就帶在身

　　　　　　　　　　　那一隻生了厚繭的手

邊。這小兒子果然有點乃父之風，偷取了天下之後，把兄弟通通殺了。他不信任臣子，這是教導他治理天下的導師教他的：越有才能的臣子越不要信任，說來諷刺，他就照這導師的教導把他監禁起來，最後殺了。也因此，他寧願相信小兒子的老師，一個機敏精靈的宦官，掌管車輛、王璽罷了，並沒有真正的權力，也以為這個殘缺的人，同時失去對權力的野心，一個貨真價實的奴才，只喜歡寫字，只會奉承主子。

他身邊的人看不透他，也不敢以為清楚認識他，因為太危險了。一次，因為一位大臣車駕排場很大，他表現不爽，有人通報那位大臣，他就把當時身邊的人都殺了。他原來是整個帝國三千萬人裏最寂寞的一個。他每晚精疲力竭地審批文件（但這說法由方士傳出來，他後來把他們坑了，可大家都深信方士之言），像億萬巨富在牢牢看守着自己的帳簿，即使他有許許多多的會計、律師，全天下的保安。但哪一個專制的獨裁者不是守財奴？他的噩夢是，他的權力像家當，分薄了，貶值了。

他還有更大的恐懼，這也是所有獨裁者不能改變的恐懼：死亡。他佔領的空間不斷擴大，卻一如凡人，逐漸失去時間。空間與時間的對比太大了，於是他成為

整個帝國最怕死的人，怕死怕得要命。他自覺死亡一直追隨着他，他是史上遇到最多刺客的帝王，死亡埋伏在這裏那裏隱蔽的角落，還來自病痛，外部的襲擊可以防守，內部的才折磨人，也最致命。難怪他要尋找神仙，要求不死藥；雖然，他明知術士都不是好東西。但寧可信其有，不可信其無。方士說真人不怕冷不怕熱，刀槍不入，他就自稱真人，要人編寫神化自己的歌詩，去到哪裏傳唱到哪裏。於是他最先失去的是耳朵，只能聽到讚美的聲音。他其實已經瘋狂，至少已被自己的權力搞得變態失常。他替自己編寫歷史，把自己的功績刻在名山的石頭上，可有那麼一小塊，從天上落下來，上面刻有「始皇死而地分」，就掃盡他的興。別以為獨裁者行事有一貫的理念，沒有這一回事，他像藝術家一樣即興，然後交給其他人想辦法解釋。他最後十年，彷彿一直都在旅途，即使坐在全帝國最昂貴的輼輬車上，畢竟長途跋涉，舟車勞頓。他在山上看得遠，看到美麗的風景，日出，日落；但看不到他真想看的蓬萊。於是頹然若失，從一個山頭竄到另一個山頭。如果不上路，就躲進連綿的宮殿裏，太多的宮殿，哪裏能夠安頓他漂泊的心靈？看來還是驪山；他聞到自己身上令人作嘔的

那一隻生了厚繭的手

腐臭，即使身旁堆滿小山似的鮑魚也掩蓋不了。未死，他已經成為那座他自己建造的龐大的監牢裏一隻孤寂的幽靈。死了，要千萬人陪葬，因為專制的獨裁者並不瞑目，會永遠覺得寂寞，會一直尋找還魂的替身，而且，二千多年後也仍然有人歌頌他偉大，功業永垂不朽。

想起年輕時讀過的一些馬克思，《路易‧波拿巴的霧月十八日》的開場白是這樣的：「黑格爾在某個地方說過：一切偉大的歷史事件和人物，可以說都出現兩次。他忘記補充一點：第一次是悲劇，第二次，是鬧劇。」

# 團 友

　　非洲某些內陸機，機票是人手寫的，並不劃位。所以我們的團友，老早在候機室就坐在前排，尤其是那一家人，爸爸媽媽和兒子，在入口的前面，做好衝鋒陷陣的準備。那兒子，看來二、三十歲，還拖着媽媽的手，像剛戒奶。他有許多問題，老纏着領隊查問。酒店真有熱水？夠熱嗎？有Wifi可以上網？夠快？Are you sure？至於老爸，六十左右，可仍然十分健碩，腦筋也靈快，才抵埗上旅遊車，就佔坐前頭的座位，以便拍攝，以便率先下車，一家人，就在景點前最好的位置，拍媽媽照、兒子照、爸媽照、母子照、父子照，看官到了這裏，不耐煩？再稍等一下。只需請領隊再來全家合照，多拍幾張保險。有的，正經些；有的，要有各種趣怪的表情。當然也換手機拍拍，以便WhatsApp給朋友分享。好了，餘下的風景就都是你們的了。媽媽忽然向

126　　　　　　　　　　　　那一隻生了厚繭的手

兒子抱怨，這麼美的風景，可惜你姊姊不肯來，她那麼愛拍照。

　　兒子彷彿自言自語說：靚女不會到非洲。團裏的幾位女士，面面相覷，變了非洲人的臉色。媽媽連忙接腔：除了這一團，這一團當然例外；你難道說媽媽不靚女嗎？紫外光那麼猛烈，曝曬一星期，回去至少老上十年；兒子辯說，非洲女子一過二十歲……。還說！媽媽輕力拍打他的肩膀，他也作狀翻倒。那情景，好像我看過的 Pieta，看官，米基安哲羅那雕塑，說是母子，其實更像情人哦。

　　因為這一家人，我學會了甚麼叫漫天殺價。你要買肯雅的茶葉，或者埃塞俄比亞的咖啡，前者用 KES，後者用 Birr，全都必須講價，樂趣就在殺價的過程裏。一個小小的草籃，以 Birr 計算吧，開價 200，還它50。100．55；70．55。最後，55；70。你轉身離開。你開始計算五步六步八步。果然，她趕上來：Ok，55。你又可以變成要兩個，100。最後，她一臉沮喪，好像要跟自己的骨肉訣別：Ok。你於是充滿成就感，向其他團友炫耀戰利。但這一家人宣佈，他們只花了40 個 Birr，就買了四個，合共約 20 港元，還順手討了

一個小陶屋。錢，並不重要，重要的是，媽媽説：那種降服外邦的感覺，這關乎尊嚴問題；那個小販，揹着兩行鼻涕的兒子，引來大群蒼蠅，可不要當我們是羊牯。

然後，我們同桌吃飯，吃的是粵菜，這是領隊應爸爸一再要求而安排的，他説不管走到哪裏，風景無論多麼美好，卻只有中菜，才是體面人家可以入口的東西。記得要有走地雞，香港大概再沒有活雞了。洋鬼子，別説非洲土人，都不會蒸魚，不會燜雞，他們要不是沒得吃，就是不會吃。當他手舞足蹈發表意見，我率先把剛放下碟子的雞髀一箸夾去。其他人也連忙把較滑嫩的部分搶走。他收了口，直看着我，但那眼神友善、溫愛。他終於當我們是一家人了。

# 霸 王 別 姬

　　老方抱着一大包書報回來，來到桌前放手把書刊撒下，人這就賴在椅上，半晌，忽然呼出一句話：「……死了。」我在另一邊埋頭為一個專欄補稿，那作家在鬧肺炎。我一邊寫一邊說：「誰？」

　　「老陳。」

　　我停了筆，攀起頭來。老方正在用紙巾揩抹眼鏡。「老陳？陳哲凡？」我問。老方把滿是密圈的眼鏡放回鼻子上，然後用紙巾大力猛擦鼻子。他點點頭。「楚霸王。」我看着他擦紅了的鼻子，他的左邊衣領翻起了，伸出棉襖外，領帶也斜斜吊到右邊去了，他令我想起老陳。他可是告訴我，老陳不在了。

　　「甚麼時候？」

　　「昨天。」

　　我擲下筆，走到背後的書架翻時代日報，我迅速地

翻到港聞版上去。頭條是一宗變態的凶殺案；然後下面是某某爵士在路邊暈倒；某某議員違例泊車的消息。沒有老陳過世的報道。我於是再從第一版翻起，一直翻到經濟版和體育版去，翻到馬經版時，我自己也感覺荒謬。我開始翻其他的報紙。

「翻甚麼？」老方沒有轉過頭來看，繼續揩他的鼻子。

我重新坐下來。老方已經疊好書刊，攤開稿紙，準備寫稿了。他說：「老弟，楚霸王是誰！怎麼會報道呢？不過，」他的眼睛穿過重重的密圈，穿過層層的玻璃迷宮，凝視着我，彷彿不想我太失望似的樣子，「好像大眾晚報有過三四行字。而且，今天張奕天的專欄也寫了篇悼詞，當然並沒有提及他的名字。退了休的老報人，你能夠要求……」他沒有說完，猛地張開大口打了一個噴嚏，趕緊用紙帕掩着漲紅的臉……

五年前一個冬日的下午，我來到時代日報社代替周宗群先生兩個月。我剛辭去了學校的教職，不用上班，其實是不想上班。我在大專唸書時就在報刊投稿，新詩，散文，甚至評論都寫過了。畢業後在一間私立學校教了兩年書。那位女校監在早會時對全體學生訓話，竟

然引用了所謂莎士比亞的話：「知識就是力量。」她把一切的名言分做兩類，一類歸孔子，另一類歸莎士比亞。大致上她是公平的，我們並不怪她，即使她作奸犯科，也無非出於純良的好意。有時她把我國的名訓和番，轉讓給了莎士比亞，更多的時候，可是把外國的移植給了孔子。問題在：「知識就是力量」這句話，卻把我捲入漩渦，她在引用這句話之前，不巧我在班上當着四十個毛頭運用了。於是事後有好學的毛頭再問起我。——我想我已經有點面紅了。我說：「陳校監的話，很對不起，我聽不清楚，但這句話……培根的確這樣說過。」這就碰了釘子。原來班裏的一二角落一直埋伏了一二個她老人家的密探，每星期事無大小的向她打報告。於是不多久，她就召我到她的辦公室去，嚷着我不要把門關上，彷彿要讓其他的同事可以聽清楚。她瞪着我，大聲說：「我說那是莎士比亞說的那就一定是莎士比亞說！」

培根的話被推翻了，我不得不承認，因為某些沒有知識的女人，卻有十分大的力量。在她轟走我之前，我把早已寫好的辭職書遞上。我說我受夠了。這是實情，那時我每天在報上寫一個專欄，而且正計劃寫小說，

學校的工作，諸如備課和改卷，搶去我大部分的時間。教書和寫作，令我有一種蠟燭兩頭的感覺。我辭去了教職，全心全意投入寫作的激情裏。時代日報的副刊編輯周宗祥先生是第一位看過我的散文，就認定我可以試試在報上寫小說的人，就是那一年，我同時學會了抽煙、喝沒有加奶的咖啡，在喧嘩的餐室趕稿的本領，我終於成為地道的作家了。那年的冬天，周先生獲得兩個月的寒假，他計劃出外旅行，他問我可有興趣到報館，代替他發兩個月稿件。我當然喜出望外，因為時代日報是此地出名的大報，像簡文、馬天虹這樣的大作家，就在這報上寫連載。這麼一來，我不單是作家，而且可以過過大報編輯的癮。

我每天下午到報館去，工作不外是看看來稿，為兩個浮動的雜文園地選稿，然後把稿發到排字房去。全部工作，兩小時總足夠了。我卻早到遲退，下午三時上班，留到六時多，有時候混得更晚才離開。除了正常的工作，我在那裏看報找資料，尤其是外地的副刊，看書，甚至寫自己的稿。我第一天上班，就認識了老陳。我們坐的是一種長條木桌，一千呎左右的編輯部，橫放了那麼四五張長條木桌，老陳就坐在我的左手旁，他的

那一隻生了厚繭的手

書刊總堆到我的一邊來。……

我第一天上班，編輯部只有四五個人。我照周先生的指示，逐一拆開信件，讀稿；我很高興，能夠看到簡文和馬天虹兩位前輩名家的手稿，更替其中一位改正了一個別字。然後，我審慎地為浮動的園地選稿，——周先生後來的意見說，文藝腔或者軟性的作品，我當時選得太多了，為了害怕漏出空白，我把所有的稿在筆記簿上一一登記，某作者的稿到那一天完了，我就在日期上面打個星號。再從外地的副刊剪下合用的大小方塊，以備隨時用作補替專欄的脫稿。終於，我發覺只花個半小時，就完成任務了。

逐漸有人推門進來。以往因為送稿給周先生，或者取稿費，他們的臉孔我認得，可並不認識，我把稿送到排字房回來，看到左手邊一個大胖子，正在用白報紙抹桌，他那一邊的桌上，有好幾處紅筆的墨漬。他的書刊都堆放到我的桌面上了。那是各種馬經和狗經。他一邊揩抹，一邊對我說：

「老周度假去了？」

「是的。我姓呂。」我伸出一隻手表示友好；他是第一個跟我說話，而且跟我並排而坐的人。但我連忙收

手回來。他原來並沒有看着我。

「他度假兩個月，回來可看不到我了。為甚麼呢？」他抹完桌子，開始抹椅子，「為甚麼呢，因為我要退休了，我工作到月底。我在這裏還差一個月，就做了三十年。年青人，你有三十歲麼？」

「還沒有……不過快有了。」我為自己的說謊有點不好意思。他仍然沒看我一眼。我懷疑他可有聽到我的說話。

「三十年，連同在內地的二十年，一共五十年。哈哈，我就是一張報紙，一年三百六十五天，只休息兩天。依時出版，可是，卻不斷過時。」我看着他，抹椅子時搖動着肥胖的身軀，頭髮從中間分界，梳得整潔光鮮，只有幾綑白絲，精神相當飽滿。他的嘴巴大，眉毛粗，眼鏡裏面，是一雙有神的眼睛。他的話，彷彿對我說，又彷彿對自己說。他揩完椅桌，把紙團隨手就扔在地上。從衣袋裏掏出一包糖果，卻不知道把衣袋都翻出來了，他放了一顆進口裏，大動作的嘴嚼，他側起頭向這邊看，發現他的書刊，於是伸手把書刊移回去，他的外衣稍短，恤衫的衣袖太長，要翻出西裝外面。

「對不起，年青人。你姓甚麼？姓徐？」

那一隻生了厚繭的手

「我姓呂，呂尚文。」我伸手過去。誰知他已經把眼鏡除下來，瞇起了眼睛，又開始用紙巾細細地抹，抹完了鏡片，就抹鏡框。抹了，把紙揉成一團，放手就扔了。我和他之間，地上其實放了一個紙籃。紙籃是空的，紙屑可扔得一地都是，他終於攤開白報紙，好像要寫稿了。

「老周在這裏也三十年。報館開辦時，我跟他一起進來。為甚麼呢！我們在廣州就認識了。那時，老周年青英俊，我們叫他做小周，可他已是名作家了……」

他說話時，仍然低下頭不停的寫。起初我側起頭看他，留心的聽，漸漸發覺我即使不在意他說話，他仍然會繼續喃喃的說下去。整個編輯室，除了再前兩排的長桌幾個年輕記者，偶然講電話，或者交換幾句話之外，大家都在低下頭看甚麼，寫甚麼。沉靜得出奇。只有老陳的嘴巴一直沒停，嚼着糖果，同時在自說自話。

「三十年，小周可變成老周啊！哈哈。」

第二天老陳回來，同樣用白報紙在椅桌上下揩抹一通，然後才開始工作。他不是跟我說話，——或者自說自話，就是哼哼唧唧地唱粵曲：

「耳邊忽聽人喧噪，驚覺前營散楚歌；觸起英雄下

淚，實在難堪楚⋯⋯」

「阿徐，你可知道這是甚麼南音？」

「甚麼南音？」

「霸王別姬啊！哈哈！我喜歡唱這首歌，為甚麼呢？因為我就是楚霸王。」

他是楚霸王。我以為他在說笑。他坐下不夠半小時，拆開信稿，用紅筆塗塗，就起身到廁所去，回來時，一個年輕的男記者在門口截住他大笑，說要替他拍照留念，原來他忘記拉上褲鏈了。另外一個女記者，也許是娛樂版吧，真的就作勢拿起照相機來．他也不以為忤，背轉身，嘟噥幾句；然後一直走到角落去，那裏放了兩三張沙發，他挪開沙發上的書刊，雙手合抱，雙腳八字岔開，坐下小睡。沒多久彷彿就睡過去了，眼鏡溜到鼻尖上，張開了嘴巴。我看他填了三四行的稿紙，署名竟然是楚霸王。

這天因為一個專欄作者脫了稿，我拉開抽屜，翻出周先生留下來備用的剪報，覺得都不太適合，我決定自己寫一篇，介紹最近諾貝爾文學獎得主的小說。我打過一兩通電話找朋友，討論一兩本書名的譯法，完成了九百字的稿，再抄一遍，結果花了差不多個半小時。五

時以後，大部分人都下了班。我抬起頭鬆一口氣時，老陳早就不見了。一個負責清潔的工友進來，拖着一個大籮，盛載紙籃的廢物。他收拾桌上的文件，整理散亂了的白報紙，來到我的長桌前，看看桌下，一地是污紙屑。眉頭一皺。我趕忙說：

「那不是我……」

「那是老陳。」他說。皺着眉把掃把伸入桌底下面去。我忽然覺得有點慚愧，不知是為了老陳任意扔廢物的習慣，還是我自己多餘而小家的辯白。

第三天我遲了上班，老陳早到了。我看到自己這一邊桌上東一塊西一塊的紅筆墨漬，即使老大不高興，也只好自己用紙巾揩抹。我摸遍了所有的口袋，也摸不出紙巾來。老陳指指桌上疊堆的白報紙，說：

「用這些。你以為這是誰做的？」

「誰做的？」

「我們的老總！」

我連隨看了一下編輯部的其他人，低聲問：

「誰是老總？」

「哈哈！他晚上才回來。看大版時，他老兄拿起毛筆和墨硯，不在自己的桌上做，卻跑來我們這邊的桌

子，亂圈一通。哈哈。真夠威風！」

我抹淨了桌面，把紙團丟進紙籃去。

「為了表示抗議，我也把紙團隨地亂扔。哈哈！」他說完就掏出紙巾，用力揩抹鼻子，然後順手扔在地上，再故意用鞋掃進桌底去。

「我整個冬天都在鬧傷風。我以往抽煙抽得很凶，每天至少兩包，後來戒了，為甚麼呢？因為冬天鼻子不通的緣故。」他這時斜起臉，鼻子漲紅，「你抽煙麼？」

「不大抽。」

「最好不抽。不要以為抽煙會為你帶來煙土披利純。」

我的一隻手剛好在衣袋裏觸着那包健牌，看看四周的人，奇怪這裏居然沒有人抽煙，我連忙把手縮回。

「那篇講諾貝爾文學獎的文章是你寫的麼？」一次他問。我仰起頭，我很高興他終於弄清楚我是姓呂，而不是姓徐。我說：「覺得怎樣？請指教。」也許我臉上的肌肉已流露出一點得意的神色了。

「我怎麼知道！今早我看晨操，有一匹新馬，就叫諾貝爾，哈哈，真巧！我看完馬，在茶樓的廁所就順便看了你的文章了。我平日是不大看副刊文章的；馬，我

看了二十年囉。」我不能決定他是不懷好意的調侃我，還是甚麼的，我現在才知道，大作家的胸襟我一直沒有培養出來，卻先有了一般作者敏感善疑的毛病，情感容易受傷。我低下頭讀稿，覺得大家再談不下去。我們的興趣是這樣的不同，那時，我相信自己並非看不起他，不過有點自命不凡就是。

「可是，」他繼續說，「馬，我仍然看不出道理來，我不是伯樂！伯樂也沒有辦法囉！相馬之外，還得要相人啊！」

「你自己賭馬的麼？」

「當然。」他放下筆，掏出紙帕來，「這樣我才工作得比較投入。」

「結果呢？」

他聳聳肩。眼鏡框裏的眼神，顯然是誠懇的。我忽然覺得自己未免唐突。他把鼻子擦得通紅了。

「二、三十年前，我在報上也胡亂寫過一些小說、散文，我的文章就像我的鼻子，哈哈，不通不通！」

他照例把用過的紙揉成一團，扔在地上。

「現在有繼續寫麼？」講起小說，我的興趣就來了。

「不寫了！為甚麼呢？這地方，搞文學划不來；爬

格子麼，太吃苦了，戰前我在廣州當記者，一面跑新聞，一面在報上寫幾段連載，每天爬個七、八千字。那時是我的文藝熱戀期。」

「你跟周先生在廣州認識的？」

「在廣州灣。他在中山報，我在南粵報。他年紀比我輕，可是魄力真不小。他來港時辦了一個出版社，專出沒有出版商肯出的文學書，我當時是熱戀，他是瘋戀！為甚麼呢？」

「為甚麼？」我問。為甚麼呢是他的口頭禪。

「他竟然約我出過一本短篇小說。」

周先生的出版社，我略有所聞，出過不少大作家的作品，水平相當高，竟然也出過楚霸王這麼一個寫馬評的人的小說，我有點驚異。

「書名是甚麼呢？」我遞紙帕給他。

「不記得了。總之令老周連出版社的老本都賠光了！你知道賣了多少本？」

「多少本？」

「二十八本。」

我苦笑，我想說：文學都是這樣的了，這不算最低的紀錄。

那一隻生了厚繭的手

「有十本是我自己買的。」他用紙帕揩抹鼻子,「所以,這以後我也不寫甚麼小說了。我不寫,胃病居然就好了……」他的鼻子揩得通紅,眼睛也現出紅絲。

「還是老周行!死不認輸,寫了一輩子!寫得……哈哈,我們並排而坐,你看看是誰的年紀大呢?當然是他囉!但其實我比他大六年。」他説時呵呵大笑,笑到後來,表情突然轉變,開始一連串大聲地咳嗽。他用手撐着木桌邊,一臉漲紅,俯下頭,把眼淚都咳出來了。我不知怎麼是好,想幫幫手,比方拍拍他的背,但我們可還沒有那麼熟稔。一個年輕的女記者走過來,還給他一杯清水。他擺擺手,表示感謝。我這才發覺,他髮背斑白,頸項的肌肉都鬆懈了,胖碩的外表,其實是空架子,人驀地衰老了許多。

「又在想當年!」一個男記者在另一邊提高嗓門玩笑他。

下班的時候,我在電梯裏遇到那位女記者,我們點頭招呼。我問她,楚霸王原來叫甚麼名字?

「陳哲凡。」她説。她身旁的記者男友對我瞪大眼,我把打算追問的一句話咽了回去。後來在朋友家裏,我找到周先生出版過的一部舊書。在扉頁裏看到陳哲凡短

篇小說集的預告，集名是《哲人的沉思》。

「你一來就編馬經版的麼？」一次我趁他暫時停了哼唧那甚麼的霸王別姬的南音，這樣問他。

「不是，報刊初辦的時候，我編的是生活版，也是老周介紹我來的囉。我其實是沒有生活的人！」他用原子筆在白報紙上使力的劃了兩下，然後就把筆頭送到口裏，用舌頭舐了一下。

「有毒的。」我趕忙說。

他再使力劃了幾筆，搖搖頭，把筆擲在地上，說：「也毒了這許多年了。昨天才買的筆，現在就寫不出來！」

我從筆袋裏掏出一枝原子筆給他。他接過，忽然對我上下打量，說：

「阿呂，喝咖啡麼？」

我疑惑地點點頭。

「阿霞，你喝咖啡麼？」他大聲對前面兩排木桌正在猛嚼蛋糕的年輕女記者說。那女記者連忙放下蛋糕，一蹦一跳地走過來，說：「我要巧克力！」說時就拿起一張紙，熟練地寫：巧克力一，咖啡一，鴛鴦一……

「我也是咖啡。」我說。

這小女孩嫵媚的微笑：咖啡二。對面一旁一直在講電話的男記者，這時隨即扔下電話，大叫：

「怎麼忘了我！我要奶茶！」說時也走了過來，對女記者擠出一個鬼臉：「當然又要麻煩我做苦力啦。」老陳指指其他好些職員，阿霞在咖啡旁邊三四的，終於湊成一個正字。老陳摸了老半天，才從後面的褲袋摸出一張百元鈔票。兩個人推開門時，那男記者回過頭來猛瞪我一眼。

「哈哈，他們說我是沒有生活的人。」老陳舊事重提，「我那時不賭馬不上舞場，一味寫小說，幾位世伯可就批評我，哈哈，沒有生活！沒有趕得上一般人的生活方式！所以我編的生活版，欠缺的就是生活氣息。」

「賭馬和上舞場就是生活？」

「是的。」他停下筆，打了個呵欠，「只有文學不是生活。一次開編輯會議，那幾位世叔伯就七嘴八舌認為生活版再沒有需要了……為免我從此沒有了工作，一位世伯，開始教導我怎樣生活。」

要不是他及時用紙帕往鼻子一抹，鼻涕就要流到嘴唇上了。他張開口吸氣。「我應該感激他，因為沒多久，我就開始接編馬經版了。哈哈！你可知道，為甚麼

呢？我叫楚霸王麼？」

「為甚麼？」

「我第一次賭馬，買的一匹馬就叫烏騅！帶我入跑馬地的世伯說，那烏騅是匹拐子馬，跑起來一拐一拐的，打折馬鞭也沒有用。」

「我偏要跟他執拗，投下所有的注錢，終於跑出了頭馬！」

「所以你索性叫自己做楚霸王。」

「哈哈！」

兩個記者拿着從快餐店買回來一杯兩杯的飲品，逐一分配。那男記者在我前面放下一杯咖啡，說自己是阿忠。我說謝謝，我是阿呂。他手上還拿着一包三文治和雞髀。


想我興兵年十八，還有八千子弟護戎裝，

七十交鋒，未敗過一仗，分明手段我高強。

今日天公偏亡我，將我人心吹散往何方，

九里山前孤鶴唳，你看四邊埋伏，鐵壁銅
牆……

老陳喝了一口咖啡，又一頭寫稿，一頭哼起他的南音。我覺得咖啡特別的苦澀。

一天我拉出木桌的抽屜，把積疊的稿件翻了又翻，依然找不到一篇前天朋友的來稿。我跑到排字房去問，答案是沒有。我大感納罕。而且，我發覺好像幾個專欄作家的稿，我始終沒有機會看到，他們自己交到排字房去，或者放在我的桌上，在我上班之前，排字房的工友自己取去發排了。但排好了字之後，原稿竟然也沒有再讓我過目。每天翻開報紙，心裏就希望不要出現問題，幸好那幾位作家寫的東西，是我家的貓，以及鄰家的狗，沒有出甚麼岔子，但失去了來稿，令我十分苦惱。我甚至懷疑是老陳情急時挪來揩鼻涕去了。我低頭看地上的紙團，有一團上面彷彿有字，我伸長腳把它撥過來，正要硬着頭皮俯身撿拾，老陳在上面問：

「你找甚麼？」

「我失了一篇稿。」我立即知道，那紙團並不是。我拉開抽屜，重新翻出所有的稿件和剪報。

「不會是老總拿了去吧？」我問。

「他老兄可沒有這個空。」他拍拍我的肩膀，「多少字？」

「八百字。」

「不會因為沒有一篇八百字的文章，就影響這位大作家的成就吧。老周一次在計程車上小睡，結果下車時忘了自己的十萬字小說，他可沒有吭一句話。八百字，當然可以再寫。」

那天我並沒有因此釋懷，我以後下班時總記得鎖上抽屜。

「有時一個作家應該慶幸，」老陳最後說，「沒刊登某篇稿，竟比刊登了更好。」

聖誕來臨的時候，天氣更冷，老陳自然是鼻水長流，他掏空了紙帕，就用桌上的白報紙，扔得一地都是。他的鼻子擦傷了，粗厚的嘴唇開始爆裂。因為要張開口呼吸，他的嘴巴再沒有空咿咿啞啞的唱歌。整個編輯部顯得異常的沉靜。只偶然聽到老陳揩抹鼻子的聲音，或者大聲地一連打幾個噴嚏。也是這個時候，一個中年男子經常上來，坐在他的另一邊，跟他討論稿件的問題。後來我知道，那中年男人沒多久就要接替老陳的工作。

我還記得老陳在編輯部最後一天的情況。那天大概是一年裏最冷的日子，午間下了一陣毛毛雨，天氣剎那

下降到了攝氏五六度左右。我的雙手凍僵了，只好戴上皮手套寫稿。編輯部的同事買了好些雞髀、花生之類回來，說是為老陳弄個簡單的歡送會。排字房的領班弄來了幾瓶啤酒，可沒有人願意喝，因為太凍了。

老陳撿出抽屜的東西，都是舊書刊、馬經雜誌，他一一扔到紙籃去，這回可沒有隨地扔了。他一言不發，穿得一身臃腫，大衣始終沒有脫下來。

「有甚麼遺言？」一個啃着雞髀的油膩嘴巴說。

「有甚麼最後貼士？」一個說，把花生殼撒在地上。

「告別應該演一齣好戲才是啊！」一個說。

「願你英靈隨我征軍去，殺出重圍把我脫離，妻呀……生生死死難離你，兵臨城下強分離，說罷蛇矛槍又舉，連忙踏上馬烏騅！」一個模仿他的南音，惹得哄堂大笑。

「第一場是差利，第二場是老頑固。」那個男記者阿忠一手拿起桌面上他寫好的稿照讀。他大為莞爾，見沒有法子搶回來，唯有囑阿忠替他發到排字房去。他和圍攏過來的人逐一握手。「有空回來坐坐。」負責出納的經理說。「有內幕貼士就記得通知兄弟，」一個眨眨眼，「大家有福同享！」「記得回來請我們喝下午茶。」

阿霞說，她也伸出手來。我連忙褪下手套，接過他的手，用力一握，立即從心裏涼出來，握着的彷彿是一塊不會融化的冰。

「我跟你走一段路吧。」我低聲說。

他點點頭。我們推開門，來到電梯間，等了好一會。我想起自己留下了雨傘，只好又再折回來，到了門前，他說不進去了。我推開門，看見他們仍然在興高采烈地吃東西。

「媽的！老鬼終於跑了，他這幾年的貼士，完全是山埃！」

「這叫反面教材。他推薦甚麼，我就不買甚麼！」

「以後沒人亂扔廢物污染地方了！」

「以後耳根清靜了！」

我取了雨傘，推門出來。老陳就站在門外，低下頭看着自己的皮鞋，他吃力地蹲下身，重新縛好鞋帶。「以後……。」我聽到裏面的吵鬧聲。在電梯裏，我想問他以後有甚麼打算，但又不知怎樣開口才好。他可是一直在微笑。他說：

「不要介意。為甚麼呢？」

「為甚麼呢？」

「聽多了，你就知道他們不是惡意的。」

「是的，不是惡意的。」

天下着毛毛雨，我翻上了衣領，仍然覺得寒冷。我撐開雨傘，跟他一起跑過馬路，他艱難地拐到馬路中心，忽然換上紅燈，汽車在身前身後交響催趕。他比我初見他時，衰老了許多了……。

本文原刊於《素葉文學》1981 年 6 月第二期

卷 二

# 說衣

一

據說阿當和夏娃吃了智慧的果實後，面面相覷，光天化日，雖是夫妻，四野也還沒有其他人，有點不好意思，於是順手摘一兩片樹葉披掛到身上，這麼一披掛，真好，開始了人類的文化。然則這種文化就是穿衣文化。衣服是人造出來的，不是上帝。衣服是一切人類文化之始。《太平廣記‧靈怪錄》有一則記郭翰在庭中臥睡避暑，忽見一少女冉冉自天而降，原來是織女，看她的衣服，沒有縫口，相處久了，才問起她的衣服。織女答：「天衣，本非針線為也。」這是成語「天衣無縫」的由來。如果上帝也當裁縫，那會是怎麼個樣子呢？

中國人的黃帝，也創造了各種各樣的東西，但很重要很重要的衣服，或者是衣服最好的原料：蠶絲，還

是讓給了他的太太嫘祖。中國的所謂四大發明造紙術、指南針、火藥、活字印刷術，都很了不起，只是創意有餘，後續發展不足，到頭來由外人加工、改良，成為外人的產業。其中活字印刷術，最近榮膺世界非物質文化遺產，但對不起，一如許許多多的珍稀動物，正瀕臨絕滅。真正了不起的其實是絲綢，一出場，就像織女下凡，已經出色當行。衣服當然也可以改，但經驗告訴我們，往往越改越糟。絲綢，至少在唐朝以前，仍然是獨造之秘，足以讓吾國人挺起胸膛。天下間以名人、地方命名的街道無數，舍下一帶就有好些以中國省市為名的街道，但時至今日，恐怕還沒有一條道路，論佔地之廣，跨界之長，文化內涵之厚，比得上絲綢之路，名字是外人起的，既有陸路，又有水路。這絲路，令錦繡文綺，廣披天下，長期受中外民眾的敬禮。

衣服，在西方是文化之始；在中國，則成文明之徵。中國人過去號稱衣冠上國，禮義之邦。但衣冠可不能胡亂穿戴。孔子稱頌管仲的名句：「微管仲，吾其披髮左衽矣。」衽，即是襟，古人穿衣，是左襟搭向右襟，並且一直繞到右邊腰後，故云「右衽」，否則就是野蠻，有辱國體。甲骨文的「衣」字，上面像三角形的

衣領，下面像左、右襟（圖一）。有人説上面的畫畫，是指孕母的下身。有時這畫畫簡化，只留下左、右襟（圖二）。留神細看，別寫錯，錯了可能等同賣國：左邊長些，伸過右邊去了（圖三）。再以「初」字為例，從衣從刀，那是用刀裁衣，本義是「裁衣之始」，甲骨文的寫法，明顯是左邊長於右邊（圖四）。最初，大抵左右的長短並不嚴分，但逐漸固定下來，其中也許呈現了衣飾的定格。左長右短，左邊披蓋到右邊，繞到身後，再圍之以繩索，繩索不好看，於是產生衣帶。看來這是深衣的象形。

中國傳統服制，西周以前上衣下裳，是明顯的兩截；東周以後則上下相連的深衣產生，兩制並行。不過上述衣字寫法的先後，畢竟是我的猜想，應不算亂想。

二

從衣，衍生依，甲骨文「依」的寫法是左右把中間的人包裹起來（圖五）。人在衣中，既溫暖，又牢靠，好極了，如果是稱身裁剪，人衣配合的話。依這形聲字，音義都很豐富，發展到篆書，為了整齊化，穿衣的

圖一：衣　　　　圖二：衣

圖三：衣　　　　圖四：初

圖五：依

　　　　　　　　那一隻生了厚繭的手

人反而靠了邊。依，我們想到甚麼呢？是依戀，是依依不捨。昔我往矣，楊柳依依，本來是輕柔、茂盛之意，可同時予人楊柳低垂，愁牽離人衣服的景象。當年我離開，其實百般依戀啊。如果阿當夏娃流放刑滿，他們的後人獲准重返伊甸園，條件是把衣服之類都脫去，後人又是否捨得？我看西方美術，奇怪監逐阿當和夏娃的天使，畫家知法犯法，有的一身甲冑，有的衣帶翻飄，還加插雙翼，可從沒有一個是不穿衣服的，都比犯人要穿得多許多。如果繼續追問，傻得像那位暑熱時在庭中臥睡的書獃子：天堂之上，還穿衣服嗎？有了衣服，就有裁縫師設計師，有衣櫃，連帶就有穿着的口味問題，這可複雜了。奧林波斯山上的眾神祇，爭風吃醋，糾紛一大堆，就是不及衣飾，爭這個，理直氣壯得多；到底是初民的神話。天堂，是否就像天體營？參加的義人，是否都要解除積習已久的人間文化？

別以為苦熱的郭某會願意參加天體營，更不用援引他之前的劉伶。郭某對那件神奇天衣的興趣，實不下於他接觸的第三類；《太平廣記》這故事，一無可取，只除了那件無縫天衣。至於劉伶呢，當所有的俗人都不穿衣服，以天地做衣服成為禮教，他就會馬上酒醒，把衣

穿上，越多越妙：看，你們這些野獸！

還是漢語的衣有意思，從詩經楚辭以降，就成為豐富的文化符號，那是久無音問的情人的衣襟，是異見分子不肯變心從俗的奇服，是慈母手中的針線，是富者通身不勞而獲的羅衣，貧人呢則為他人作嫁衣，又或者暴發之人在太陽落山之前唯恐別人看不見的錦衣。總之，古人通過衣服，表達這樣那樣的喜怒哀樂。其中表達得最動人的，還是人與人之間最密切的感情。李安的《斷背山》收結時，主角探訪舊友的故居，從衣櫃裏取得故衣，回到家中掛上衣架，舊友的在內，自己的在外，那是甲骨文依字的具體書寫，果爾不勝依依；而這不是原著小說所有的，非常中國的李安。上帝一直不接受同性之愛，我也不懂，但看了這一場，我領會了，那其實跟同性與否無關。記得《紅樓夢》裏晴雯臨死之前，得見寶玉來探望，她掙扎着，連揪帶脫，在被窩內將貼身的一件紅綾小襖衣褌下，做甚麼呢？原來要和寶玉身上的交換，兩個對調穿上；也是一個體貼的依字，而且彼此彼此。真虧晴雯想得到（而不是襲人），也只有曹雪芹寫得出。

如果不嫌肉麻，不妨也聽聽《西廂記》裏鶯鶯的唱

詞。她給上京高中的張生回信，說信是寫了，無可表意，只託來人附送幾樣東西：汗衫一領、裹肚一條、襪兒一雙、瑤琴一張、玉簪一枚、斑管一枝。真奇怪，好像都是自己的東西，那些衣服，也不管對方是否稱身，不理對方會否嫌舊。兩位姑娘大抵都沒有讀過《三國演義》，不知劉備曾引古語云：「兄弟如手足，妻子如衣服。」紅娘說姊夫得了官，豈無這些？鶯鶯姑娘就淋漓爽快地唱起來：「（這汗衫兒啊）他若是和衣臥，便是和我一處宿，但粘着他皮肉，不信不想我溫柔。（這裹肚要怎麼）常則不要離了前後，守着他左右，緊緊的繫在心頭。（這襪兒如何）拘管他胡行亂走。」

好在當時沒有其他人聽到。

三

人生憂患，不從識字開始，而始自穿衣。人可以不識字，但不會不懂穿衣，於是就有了衣的文化，衣的政治。人和衣服相戀、糾纏、掙扎、交戰，那是一場輸定了的仗，人為此而失樂園。中國內地近年頗有人鼓吹復

興漢服，大抵認為近鄰的日本、韓國都有自己的傳統服裝，本來源自漢唐，過年過節穿上，既有情趣，又富於民俗風采，上街時途人不會為之側目。堂堂衣冠上國，居然沒有留下大家都樂於穿着的傳統服裝。他們不知道，心理上衣服是去年的漂亮，但實際上今年我們再不肯穿上。有人說我們不是有中山先生設計的中山裝麼？問題在，當螢屏上出現若干政要忽爾穿上中山裝開會，誰不神經緊張？旗袍呢，可以遠溯深衣的傳統，近人加以改良，已和深衣的理念相遠，原本是收藏，如今是凸顯，一味緊窄，美稱是為了表現女性的體態，可這麼一來，不是所有女性都有穿着的本事，於是也不常見，也不宜多見。反而香港的中學，尤其是女校，許多仍然以旗袍做校服，大多淺藍，更有素白，這麼開放的一個地方，竟有那麼一種束縛、落伍、不方便的校服。

　　滿人入關後改易服制，實行穿袍，今天的長袍、旗袍，即是旗人的遺物。倘在十七世紀中期，這會是漢奸服式。戴名世的《畫網巾先生傳》表現一位明遺民，被除去網巾後，就命僕人為他在額上用筆墨畫上，也不怕人訕笑，因為網巾，是前朝太祖所創的頭飾。結果被殺。穿衣，有時候竟成很嚴重的問題：這樣穿不可以，

那樣穿又不願意，兩頭拉扯。畫網巾先生不留下名字，到底憨痴得可愛，強似那些巧言善辯的文士，連穿衣也沒有誠意。《桃花扇》的男主角侯方域有一文諷刺一位「兩朝領袖」：

> （有先朝鉅公）其為衣去領而闊袖。一士前揖，問：「何也？」鉅公曰：「去領，今朝法服；闊袖者，吾習於先朝久，聊以為便耳。」士謬為改容曰：「公真可謂兩朝領袖矣。（〈書練貞吉日記後〉）

這位鉅公，即錢謙益。明朝亡國時，柳如是苦勸他一起投水殉國，他探手水中，說「冷極奈何」。國大可不殉，但不殉的理由卻令人齒冷，而且不多久他就率眾投靠新朝了。不過陳寅恪認為水冷之說乃耳食之談，不可信。

侯方域自己呢，順治時也不得不應召參加鄉試去了。他生活的地方叫「壯悔堂」，他的文集叫《壯悔堂文集》，遺稿中另有一信寄方以智（密之），寫得極好，關鍵詞是新舊衣制：

……僕與密之交游之情、患難之緒，每一觸及，輒數日縈縈於懷，及至命筆，則益茫然無從可道。猶憶庚辰，密之從長安寄僕櫱絲之衣，僕常服之。其後相失，無處得密之音問，乃遂朝夕服之無斁。垢膩所積，色黯而絲駮，亦未嘗稍解而浣濯之，以為非吾密之之故也。

乙酉、丙戌後，制與今時不合，始不敢服；而薰而置諸上座，飲食寢息，恒對之欷歔。病妻以告僕曰：「是衣也，子之所愛；吾為子稍一裁剪而更之，以就時制，即可服矣。」僕急止曰：「衣可更也。是衣也，密之所惠，不可更也。吾他日幸而得見吾密之，將出其完好如初者以相示焉。」蓋僕之所以珍重故人者如此。

密之或他日念僕而以僧服相過，僕有方外室三楹，中種閩蘭粵竹，上懸鄭思肖畫無根梅一軸，至今大有生氣；並所藏陶元亮入宋以後詩篇，當共評玩之。

對故人的贈衣，珍之慎之，不肯改就時制，實寄寓了不忘故國，不改素志的深意，再以脫俗的蘭竹梅烘

托。其中密之再三，令人想起白居易跟元微之的通信。

這個「病妻」，自然不是《桃花扇》裏的李香君。當李香君知道嫁妝來自壞蛋阮大鋮，就怒擲地上。那是戲劇，但並非完全虛構。戲班中人語：寧可穿破，不可穿錯。侯生的「畏友」，戲台上，香君是一個；現實人生中，密之是另一個，都有意無意對他形成龐大的壓力，內外交煎，國事其內，衣服其外。

信寫於順治十年（1654），此前兩年因應試而深自悔恨，此後一年，三十七歲壯年而鬱鬱以終，和好友一起賞蘭竹看梅畫讀陶詩的計劃，並不能兌現。至於方以智，亡國後改穿僧服，拒絕和時裝妥協，被清人抓捕後，在惶恐灘頭自盡，余英時先生的《方以智晚節考》，考得很精審。

# Hornbill！

「Hornbill！」船開了不久，他就指着近岸的一邊樹林，大叫。「Hornbill！」只見一個黑影在樹梢掠過，不見了。船立即停下來，掌舵的是另一個更年輕的小伙子。嘩，另一邊，另有一隻，最遠的一株樹上。我舉起望遠鏡搜索了一陣，甚麼都看不見。密麻麻的樹林，樹木都像在向天伸展，我們只能看見它瀕河的部分，裏面隱藏了多少奧秘呢？我的朋友有隻手不靈便，我替她把望遠鏡舉起，也瞄了好一陣。看見麼？沒見。這時，這年輕人挨過來，壓低聲音，說：「就在中間偏左那孤零零的一枝樹幹上，嘩，牠的嘴巴正含着食物。」彷彿大聲一點就會把牠嚇走似的。「用我這個。」他把自己的望遠鏡遞給我，重甸甸的。這次，我和朋友終於看到了。一隻鳥，有一張誇張的大嘴巴，而且是黃色的，很艷麗，頭上戴了一個上翹的頭盔，像犀牛角，所以叫

　　　　　　　　　那一隻生了厚繭的手

犀鳥。

「Hornbill，Rhinoceros Hornbill（馬來犀鳥），」
他説，「世上有五十七種犀鳥，婆羅洲，就有九種。」
快艇又啟動摩打。他一看見甚麼，馬上又喊停，掌舵的
也充分配合。好利的眼睛。然後，沿河我們看到岸邊的
長尾猴，一隻跟着一隻，不多久，又看見另一群豬尾
猴，同樣一隻跟着一隻，由左至右，向着同一方向走。
前面是大猴，後面是小猴，越走越小，最後一隻，細小
得很，彷彿剛會走路，翹起小尾巴，眼睛流轉，在樹根
之間攀高爬低，走走停停，也好不靈巧。我們也看見一
隻大蜥蜴，吞吐着大舌頭。我們沿着京那峇登河航行，
這是沙巴最長的河流，幸運的話，岸邊還可以看到婆羅
洲象、蘇門答臘犀牛。早幾天，他説，看見一隻漂亮的
豹貓。後來，我們終於看見我們想看的長鼻猴，一大一
小，悠閒地靠在老遠的樹幹上，大的鼻子長長下垂，挺
着個大肚皮；小的，鼻子上翹，小得多。這其實是雄雌
之別。我們要借助導遊的望遠鏡才可以看到，我們自己
的，輕巧，並不管用。

但他不時就驚嘆：Hornbill！犀鳥有許多種，他每
看見一種，就從鳥書上翻查，然後給我們看，指出細

微的分別，我不住的點頭。但其實我並不能分辨牠們。有時，我甚至看不到樹與樹之間的牠們。看不見，也無所謂，我們喜歡那種環境，到了婆羅洲，我們算是領略真正的原始森林。我們後來在古晉經不起旅行社經理一再推薦，去看萊佛士亞大王花（Rafflesia），因為難得花開，要前後十五個月，開六七天就謝；而且據說那是世上最大的花朵。遇上開花，那是天大的運氣啊，經理說。但森林雨後濕滑，根本沒有路，路，有時是爬出來的，我的朋友尤其吃盡苦頭，結果看了其中一朵，連導遊也迷了路。另一朵，我趕忙敬謝，不看了。

犀鳥甚麼的，他變得好像自說自話，很享受這種發現而自得其樂。發現？也不對，毋寧更像是老朋友的探訪，當然，他也樂於介紹他的朋友。對了，這不是他的工作麼？回到香港後，我才讀到一些犀鳥的資料，知道犀鳥只生活在舊世界，從非洲的沙漠，到亞洲雲南、東南亞一帶的樹林、熱帶雨林、美洲並沒有。犀鳥是一種大鳥，大的足有 120 厘米長，色彩鮮艷，咀喙下彎，寬長得不成比例，幾乎佔身體長度的三分一，而且各有不同的顏色：黃、橙、黑，不過最特別的是，喙上大多長了犀牛角那樣上翹的頭盔。一般人把牠當成巨嘴鳥，

　那一隻生了厚繭的手

其實大嘴鳥科的鞭苔鵎鵼（Toco Toucan）、紅嘴鵎鵼（Red-billed Toucan）雖同樣各有一張大嘴巴，也更誇張更艷麗，但頭上並不戴角盔，而且只生活在南美洲，跟婆羅洲的表哥表妹不相往來。

犀鳥的角盔據說是中空的。黑色的羽翼伸展起來很闊大，擅於短途飛行，敏捷有勁，卻不利長征，所以生於斯長於斯，並不遷徙。吃的是果實，但也有的，像非洲的紅臉地犀鳥（Southern Ground-hornbill），則就地取材，吃蛇，吃昆蟲。吃食時有一種絕活，長喙把食物拋起，然後張嘴吞下。

犀鳥是很吵的鳥，拍動大翼時發聲，飛行時也喜歡發出喇叭似的共鳴。東非有一種犀鳥，人稱噪犀鳥（Trumpeted Hornbill），聽來可能跟南非單調而沉悶的喇叭 Vuvuzela 差堪彷彿。但 Vuvuzela 是人為的，鳥語則屬天然。犀鳥雖吵，卻是一夫一妻，有趣的是，妻子懷孕時會躲進築在樹洞的鳥窩裏，然後把鳥窩用泥，用糞便堵塞起來，只餘下一個小洞，覓食之責就交洞外的丈夫，牠把食物從外面唧進來，直到小鳥孵出，羽毛稍豐，鳥媽媽才把鳥窩啄開。我甚至從網上看到研究人員在犀鳥窩裏偷藏鏡頭，攝得鳥媽媽封塞鳥窩的影片。

當然，用糞便之類堵塞起來的窩，孩子在這樣的環境孕育，從二十多天到個半月不等，沒有衛生問題麼？這，只能是杞人之憂。如果爸爸一去不返，媽媽與孩子恐怕就會在窩裏餓死了。爸爸成為食糧的支柱，真難為了爸爸；不過有時也有伯叔到來幫手。爸爸不回來，可能是遭了意外，總之絕不會見異思遷。婆羅洲於是流傳若干犀鳥人格化而至於神化後的愛情故事。

離開沙巴一個月後，我們又到了婆羅洲的另一個地方沙勞越，那裏據說是犀鳥之鄉，到處可見犀鳥的塑像，可是在樹林裏始終沒見過犀鳥，我們看到更多的紅毛猩猩、銀葉猴，但再沒有聽到有人讚嘆 Hornbill！Hornbill 看來都飛到沙巴睦鄰去了。

「香港也有一個很好的看鳥的地方。」

「米埔？」

「對了，米埔。想不到香港也有這麼多鳥。嘩，這是一生非去不可的地方。」

「大多是水鳥，只來過冬。」

「犀鳥卻是留鳥，一直在這裏生活。這是牠們的家鄉。」

「你到過香港麼？」

「十歲時去過。我應該再去，去看鳥，但並不便宜

啊。」

非去不可？想起許多年前，一次在歐洲的旅途上遇到兩位年輕的醫生夫婦，在旅程上已經在計劃下一次的旅程，下一次，去南極；女的自信地說：這是每個人一生非去不可的地方。然後大談起去南極種種的預備工程。年輕人有目標，有計劃，是好的，但我們的一生，短短的一生，是否有太多非去不可的地方，太多非做不可的工作？如果旅行也成了責任，是否太苦呢？

他是馬來人，說很好的英語，一身迷彩的衣着，衫和褲都袋滿了各種行旅的東西：水壺、電筒、望遠鏡、圖書、帽子。他的背囊裏原來還有一部電腦。我們從山打根出發，走了兩個小時，看了一個燕子和蝙蝠聚居的洞穴，然後來到河邊的排樓飯店午飯。排樓伸出河去，樓腳用石柱支撐；飯店原來是司機的，還提供住宿。這一帶就有好些簡陋、一層高的獨立旅舍。我們的司機很厲害，他遲早會把其他的都買下來，他說。這時，烏雲聚攏，忽爾下起滂沱大雨，他草草吃過，就坐到另一邊打開電腦在看甚麼。大抵見我們有點擔心稍後的遊河，因為樓下停泊的幾艘快艇，全無遮蓋，於是說：好快就放晴，天晴了，猴子、鳥都會出來。果然，雨漸漸收

起，雲塊都飄遠了，對岸的森林像洗了一把臉，清爽得多。當我看見吊腳樓下慢步走過一隻大蜥蜴，足有三四呎長，喊他也來看看。他瞄了一下，說：當我們說大，那至少要有六七呎長。然後又埋頭他的電腦。河裏還有鱷魚？我問，我看見排樓裏的照片，其中有兩幀張牙露齒的鱷魚，嘴巴比犀鳥的大得多。那是法蘭基，他抬起頭：我們叫牠法蘭基，牠最初出現時只有剛才出現的蜥蜴那麼大，吃我們的雞，現在呢，吃狗。法蘭基會爬上樓來嗎？朋友問。樓下不是有欄網嗎？我答。

森林裏又有鳥的叫聲，我看不見牠們，雖然，但我知道牠們確實就在那裏，幸運的話，接着我會看見牠們振動翅膀，從一棵樹飛到另一棵去，我期待着，張大眼睛。我的運氣不差，但仍然不夠。Hornbill！他又驚嘆起來。這小子比我幸運得多。運氣原來是修練出來的，他一定也試過視而不見的日子。走了一段小路。他又壓低聲線，挨過來說：你聽到嗎？Hornbill！嘩！這次我搶先低叫。那是 Kingfisher（翠鳥），他狡點地搖搖頭。

離開快艇，在排樓整頓一下，再準備上車時，有兩隻狗老跟着我們，並非不友善。下一頓大餐，他指指其中一隻說：法蘭基的。

# 二〇一〇年

　　大半生做事，稱得上成功的甚少，只有一事，大概是成功了，那是退休，時維二〇一〇年。你問我一九九七年以來，有哪一年印象最深？像奧古斯丁那樣，沒有人問，我倒清楚，問我，我反而為之茫然。只知道，那一年的下旬，我再不用上班。但真的是這一年嗎？其實真正全職上班，才不過三數天，就老想着退休，甚至做夢也想到自己聽到兩個鬧鐘的喧嘩後，提醒自己：神經甚麼，你不是退了休麼？我曾經想過這麼一個小說：工作的是另一個自己，帶着幾張卡片、一個標籤、一副很認真的臉孔；真正的自己呢，早就退了休，躺在愉景灣的沙灘上，或者躲在某個小貓三兩的戲院裏，不過為了保證一種比較合情合理的生活素質，不得不有另一個自己去努力工作。那笨蛋也真夠義氣。可是日子久了，工作得發瘋似的一個真以為這才是自己，不

可能是另一個無所事事，甚麼都無所謂的自己。我甚至想到這笨蛋是個寫東西的，親戚叫他做作家，而且認定是較好的一個，他每天準時走進書房，然後把門關上，不寫出三千字不把自己釋放。他以為自己寫寫東西，每次打開門，世界就改變了。

世界的確無時無刻不在改變，問題在不知變好還是變壞吧了（當然，為了安撫我們這些玩弄修辭的脆弱心靈，沒有他每天的三千字，壞的世界只會變得更壞）。那時讀卡夫卡寫小職員早上變了甲蟲，仍然為上班問題發愁，覺得實在太卡夫卡。成為甲蟲，還會擔心上班嗎？人類滅絕之後，我相信甲蟲仍然會活下去，而且只會活得更愉快。卡夫卡也許想過，我們每個人身上都有一隻甲蟲；但他有沒有想過，我們本來就是甲蟲，不過長期壓抑、終身禁錮？一旦露出本來面目，就自憐、自責，而且害怕，因為自由而害怕。這小說，三十多年前，我已記不起來是否寫過。當年跟蔡浩泉、王亭之、黃俊東等人合寫一個專欄，我是最小的毛頭；當然也是那種自以為可以改變世界的笨蛋之一。畫家阿蔡是真甲蟲，偶然化身人類玩玩。如今阿蔡避世又多少年了？十年，十二年？

二○一○年，對其他人來說，有甚麼意義呢？其他的年份，對我又有甚麼意義呢？再追問下去，意義又是甚麼呢？讀書時讀到公元前二二一年，很重要，嬴政統一了中國。一九一九年，五四運動，胡適陳獨秀等人開始了德先生、賽先生的追求。但為甚麼不是德蜜絲、賽蜜絲？一九四九，中國天翻地覆，政權轉換。這些，我都是知道的，從書本讀到，卻沒有真切的感受。我在香港出生，而那些年，也還沒有出生。然後，一九七九、一九八九⋯⋯。漸漸，也不過數字吧了。二○一○年，那是古希臘、基督教文化的時間觀念，由一位敘利亞人計算出來的公元。佛教徒不是這樣計算的，馬克思的信徒何必也這樣計算？有一年，二○○八年嗎？——我懷疑自己已有點腦退化，聽到一位同樣在香港出生長期受英國官僚系統訓練的特區領袖說：民意如浮雲。當下莫名其妙。漸漸，反而覺得可圈可點，上一名句應該是三百年前路易十四的「朕即國家」。許多年來，我們進步了嗎？

活到某一個年紀，發覺時間不一定是線性的，不是可以帶你走到最初的起點、走出迷宮的一條線。時間有時循環，有時跳躍，更多的是斷裂，——然後兜兜轉

轉，又連接起來。有時，居然並存，並存而又有差異，七十歲的波赫斯遇到十七歲的波赫斯，兩個波赫斯坐在公園的座椅，親切地交談。波赫斯真是善良人，老少大多話不投機，同一個人，恐怕只會互相指責，各自諉過。我母親晚年談起她戰爭時走難，那件縫了許多個內袋的衣服，不是還穿在身上麼？她的記憶，是抗日、內戰那些日子。那些日子，早就過去了，但那許多個內袋，好像仍然收藏了她的幾個如今各散東西的兒女。時間有時看似凝定，其實一直在流逝。所以我不大相信「現在」，這兩個字未出口，現在已經成為了過去。我也不大相信我們可以從時間汲取教訓，我們不是在不斷重犯相似的錯？時間不是老師，更不是好老師，因為沒有一個老師會把自己的學生以不同的方式殺光。

歲月流逝，古今中外多少人因此哀愁不已。蘇東坡的名篇〈前赤壁賦〉嘗試以主人的身份，化解客人對生命苦短的悲怨，認為變中有不變：說變，事物的確瞬間萬變，但從不變的角度看，則物與我都是無窮無盡的。這個物，是萬物；這個我，是眾我。說得多麼超脫。不過落實到具體的生活，卻不可能永遠這麼超脫。理性可以冷靜地分析，卻不一定能夠說服熱情的感性。於是另

有〈後赤壁賦〉之作，寫不變中的變，不是補充，而是辯證。實情是，生活總有這樣那樣的缺憾與不足，不是有餚無酒，就是餚酒都有了，卻沒有朋友。好了，有了朋友，你最大的痛苦最大的愉悅，仍然只有你一個人能夠領受，你攀到山的最高處，到頭來你是孤獨的。前賦蘇子是主；後賦呢，蘇子反而成為客了。所以前後兩賦要一併讀，不可分割。人生好像也有如此這般兩種身份：早期做客，後期做主。但不一定的，固然因人而異，而真實的人生恐怕複雜得多，往往兩頭拉扯，時而主客不分。我們如今知道，萬物眾我，也無時無刻不在流變，流變才是真相。當然，前賦有幾句寫得好：「江山之清風，與山間之明月，耳得之而為聲，目遇之而成色，取之無禁，用之不竭，是造物者之無盡藏也，而吾與子之所共適。」但大自然的資源，經後世不肖子孫濫取濫用，已非不竭、無盡了。還是〈記承天寺夜遊〉兩句最妙：「江山風月，本無常主，閒者便是主人。」這個閒者，自我感覺良好，要是還關心甚麼的主客，也充其量只能是暫主。

退休會是怎麼一回事？當年的想像很簡單：好啊，我可以做自己想做的事。做甚麼呢？環遊世界。多年

前，我們心目中理想的生活就是環遊世界。但遊玩是要錢的，而且越來越無錢不行，這是人類社會墮落的現象之一。當年的有錢人，是所謂百萬富翁。如今家財百萬，只是不必申請綜援。自稱家貧，耕植不足以自給的陶潛（名字儼如是後設的），歸隱田園的時候，有「僮僕歡迎」，有「方宅十餘畝，草屋八九間」，今人看來，地產不算少，足以成為小霸權。但淵明先生食指浩繁，晚年還不是四處張羅，說「饑來驅我去」？時移世易，地價大有分別。而且，今天如果像魏晉那樣不斷打仗，樓市不是早垮了？草屋不是都成為負資產？我是工作了一年，才開始有機會外遊，乘坐飛機到桂林去。那是震撼的經驗。然後，多年後再去，甚麼時候再去呢，同樣記不起來，總之失望得要死，發誓不再去。如今環遊世界，有甚麼了不起？有些地方，去過，印象很好，不需再去；沒有去過，如果遲了，同樣不必去。

以往，我喜歡星期五的晚上，翌日不用早起，假期才剛開始，自覺脾氣好得不得了。星期六也不錯，晚上是阿仙奴對曼聯，柏金亨利對傑斯堅尼。星期日情緒奇怪地轉壞，晚上最糟糕，老想着明天沒完沒了的工作。星期一，唉唉，沮喪極了；要五天後才有假期。退休後

我再沒有假期，但每天都不用早起。更大的問題是，我發覺人類的感情原來並不共通。別人忙得要死的日子，我可以悠閒地吃一個 brunch；別人放假呢，坦白說，我會有點不爽。我開始在常去的餐室觀察其他人，而不多久就意識到自己也是被觀察的對象。所以我通常會帶一本書，佯作仍然很努力的樣子。不過我把書本的封面包起來，不要讓窺視的人一眼看穿，我看的是已沒有甚麼人會看、以往自己也不大看的書。我還在意別人的觀察麼？並非完全不在意。但我不再打領呔，那是洋罪之一；不再穿皮鞋，那是洋罪之二。我不可能完全做到自己喜歡的事，至少自己不喜歡的事可以盡量不做。不少人一下子並不適應退休後的生活，我馬上就適應了，這原來才是正常的生活。二〇一〇年，但恨沒有提早些。對了，本來是二〇〇九年，我告訴同事，趁我還可以重新開始另一種生活，我要辭職了。當人失去對職業的熱情、失去對上司的敬意，他就不應該戀棧。但同事說，你不能走。說不能走的是我的同事，可不是我的上司。好吧，二〇一〇年，那是一個好數字。這就是二〇一〇年對我的意義。

最近我無意中讀到《舊約全書·傳道書》這幾句：

凡事都有定期，天下萬務都有定時。生有時，死有時；栽種有時，拔出所栽種的，也有時；殺戮有時，醫治有時；拆毀有時，建造有時；哭有時，笑有時；哀慟有時，跳舞有時；拋擲石頭有時，堆聚石頭有時；懷抱有時，不懷抱有時；尋找有時，失落有時；保守有時，捨棄有時；撕裂有時，縫補有時；靜默有時，言語有時；喜愛有時，恨惡有時；戰爭有時，和好有時。這樣看來，作事的人在他的勞碌上有甚麼益處呢？我見神叫世人勞苦，使他們在其中受經練。

　　我不是信徒，但自信比年輕的信徒更有體會。二〇一〇年，我成為了甲蟲，成為了田裏的百合花。

# 時間與霸主

一

　　香港對那些借旅遊為名，諸多投訴，實為敲詐的隨團訪客鑄了一個新詞：旅霸。這名稱很新穎，但並不恰當。這種旅客畢竟不多，只不過利用這裏是法治之區，較能保障消費者，充其量是旅貪、旅詐，所貪所詐，無非區區孔方，從數千到幾萬的賠償，絕對稱不上霸。其實也夠可憐的，有人要為此召來傳媒，在鏡頭面前，那麼堂堂一個好男兒，卻哭哭啼啼説自己對此地旅遊業有貢獻自己有身份，自己從此不再來這騙人的鬼地方了。霸，哪會需要其他人的憐憫？

　　真正的霸，要在一定的時間內佔有相當的空間，在這一定的時間以及相當的空間內，由他發號施令，唯他獨尊。甚麼是相當的空間？可沒有準則，十三世紀的成

吉思汗，從中國出發，踐踏中亞、東歐，令世界震動。更早些，公元前三百多年，亞歷山大大帝，從愛奧尼亞入海，直攀喜馬拉雅山，征服了大流士三世的波斯。近世的希特勒，是德國，是歐洲，他舉高右掌，企圖一直伸向英國、蘇聯、全世界。中國的秦始皇漢武帝，統治的是中國，中國而已，比較起來，地盤小得多了。從全球的視野看，始皇漢武，也不過是相當大的地產商，佔有遼闊的土地發展權、全城的連鎖店、交通網絡，等等，其本質並沒有太大的分別，好處是無需和當地司法以及執法人員勾結，因為好歹都是跟他們打工。

至於時間，我們根本看不見，摸不到，只知道它走過的印跡。人類是從空間的感知而逐漸產生時間的意識的。還記得中國哲人面對流水的感喟：逝者如斯夫，不捨晝夜？我們的確只能通過比喻、形象，以至圖表去描述時間。先人仰看日月星辰，風雲雨雪，嘗試加以界定時間，設計出各種各樣的計量器，制定大大小小的時間表。沒有種種的時間表，生活就變得無序，我們的日子還可以怎樣過？有了量度時間的工具，難道就獲得了時間？不對，其實是拱手讓時間指揮我們的生活。

對時間特別敏感的人，捨霸主其誰？除非是哲學

家、文學藝術家。你可以短暫地征服空間，卻征服不了須臾的時間。對人類的挑戰，時間既不接受也沒有拒絕，它只是漠不關心，那是更大的蔑視。那位曾經面對流水感喟的中國哲人不是同樣謙恭地讚嘆：天何言哉？四時行焉，百物生焉，天何言哉？不論霸主佔領的疆域多麼遼闊，既不能長期更遑論永遠佔有時間，而時間的分配，更不會因人而異，不會因為他的地位、財富，而可以獲得豁免，分得更多。遼闊的空間可以換取小小的時間麼？可以，但其實那是幻覺。愛恩斯坦說：過去、現在與未來的分別，其意義只是一種幻覺。問題在這幻覺已變得牢不可破。你以為跑步會比散步快，坐飛機又比坐車快，當你在宇航船扣好安全帶進入光速，自信贏得更多的時間，且慢，那只是你的幻覺，時間還不是依舊老樣子的過，不會加快，也不會減慢。過去的，消逝的，照照鏡子吧，甚至不是時間，而是人，是萬物萬事。在不停流逝的時間長河裏，開初是人看時間，滴滴答答，到頭來是時間看人，默默無聲。任何人，包括霸主，不過是時間的過客罷了，不過是天地的旅客罷了。

看來，以旅霸稱呼秦始皇漢武帝之屬，恰當得多。

## 二

近翻《呂氏春秋》，起首是〈十二月紀〉（《小戴禮記》稱為〈月令〉），不禁浮想聯翩。那是順應天文氣象，為天子一年四季編定施政行事的時間表，每月他應該做甚麼（「是月也，天子乃以元日祈穀於上帝」），不應該做甚麼（「是月也，不可以稱兵，稱兵必有天殃」），包括祭禮、征戰、農作等等活動。這是呂氏與三千門客集思廣益，吸收古人經驗的成果，無論天子、百姓都要遵循。單論農作的月程表，此前有〈夏小正〉，今存《大戴禮記》中，可能是孔子及門生，依據夏代遺傳的曆法，因應天象氣候而制定的。中國人，自古即聽天由命。當然，我還記得中學時背誦過的《詩經·七月》，「七月流火，九月授衣」等句子，至今不忘，「七月在野，八月在宇，九月在戶」，然後忽爾突破四言格套，來一句「十月蟋蟀入我牀下」，真好，充滿情味人氣；原來在野、在宇、在戶，指的不是人類，而是蟋蟀，由遠而近。同類內容的寫作，詩無疑要親切動人得多。有人說背誦經典詩文，會限制學子的創意云云，這說法本身就很有創意。

那一隻生了厚繭的手

〈十二月紀〉的對象畢竟是天子。《呂氏春秋》趕在嬴政成年親政之前高調地公佈，呂氏的政治目的顯而易見。《呂氏春秋》內容雖雜，各家兼收，但基本上是鼓吹德政，無為而治，反對嚴刑苛法，一再強調天子必須贏取民心。然則呂氏所順應的，不單是天象，還有民意。民意，其實也是一種政治的寒暑表。書中甚至指出「天下，非一人之天下，天下人之天下也」、「置君非以阿君也，置天子非以阿天子也」，二千多年前，真是石破天驚。呂不韋輔政多年，他的治國藍圖，是經得起實踐驗證的，並非紙上空談。然而所謂「天人合一」，應該是人合於天，實際操作時，那位號稱「奉天承運」的人，卻往往為所欲為，任意破壞自然環境。

嬴政親政後，把相國呂不韋打倒，推行的是法家的一套，把呂氏制定的方略清掃出門，並且針鋒相對。說來奇怪，他卻又會接受戰國時流行的五德終始說。五德終始是齊人鄒衍的理論，《呂氏春秋》也有零碎的記載。「五德」是指五行木、火、土、金、水五種元素，鄒衍予以道德化，認為代表五種德性。這五德相尅（勝），木尅土、金尅木、火尅金、水尅火、土尅水，然後周而復始，循環運轉。鄒衍以此解釋皇朝的興亡、

時勢的轉移。這令人想到古希臘、印度的時間循環論。根據此說，周為火德，那麼取代周的應是水德，因水能剋火。對了，順流推舟，秦自然屬於水德。

〈月令〉已見陰陽五行、災異之類思想，此說更可遠溯到《周易》，並非沒有科學根據，但五德終始說則是迷信。頗有主見的嬴政竟然相信這一套，於是黃河也改名為「德水」。裝神做假的方士遂有機可乘。如果說這有助確立秦的合法性，另一面卻違反了他要把江山傳給二世三世傳之永久的想法，因為有始有終，剋火的水，會被土所剋，時限一到，取代周的秦也會被其他所取代。更奇怪的是，歷代帝王大多都寧可信其有不敢信其無。

始皇統一這統一那，豈能沒有一張統一的時間表？秦頒行的曆法是「顓頊曆」，以十月為首月，不過為了避始皇的諱，仍稱十月，不稱正月（嬴政的政，通正）；也因此第四個月，本來是正月，則改稱為「端月」；九月為年終之月。如有閏月則稱「後九月」，一年終止於「後九月」。這個「後」，二千多年後成為潮語。嬴政搞不好的，正是時間，尤其是最後的日子。他用民力，既盡且急；做了統一的皇帝十年，卻出巡五次，頻繁極

了，由西而東，上山入海，借助的是二千二百年前的交通工具。為了甚麼呢？示威罷了，不單向所有人，還有上天；尋求永恆的時間，向神仙。他在山東一定看過仙山，看到真正的海市蜃樓，看到許多常人不可能看到的東西，他不是自稱始皇帝麼？認定自己德兼三皇，功過五帝，是天上暨人間的帝王，所到之處，都刻石銘記，甚麼「維二十八年，皇帝作始」，可秦亡後不久即破損殘泐。他以為自己可以戰勝時間，結果就死在旅程途中。最糟糕的是來不及公佈接班人，讓趙高胡亥李斯三人得以乘機矯詔，把可能萬世無窮的帝業縮短，短得不足五千五百天。

三

漢初不承認秦的正統地位，把秦勾消，而自以為逕直接替周朝的火德，所以漢屬水德。到了武帝，才恢復秦的地位，改漢正朔為土德。王莽建立新朝，接納劉向劉歆父子的建議，認為漢屬於火德。皇朝的循環時間表，至此三變。漢光武帝復漢之後，反而不變，確立漢朝為火德。這一次又何以不變？我不知道，不過光武帝

爭逐天下時，有幾句讖語盛傳：「劉秀發兵捕不道，四夷雲集龍鬪野，四七之際火為主。」所謂四七，注家以為是四乘七，得出二十八，自高祖至光武初起，合二百二十八年云云。為甚麼不可以指光武起兵時的年紀呢？無論如何，這是光武當家作主的依據，當然不好改。西漢後天下人都迷信圖讖，已到了集體欺人而自欺的地步，自是光武的原故。光武有許多優點，但絕非全無缺點。光武一次與大臣會議時，表示要以讖做決定，桓譚說「臣不讀讖」，意思是不贊成讀讖，幾乎人頭落地。我們自稱漢人，彷彿都以漢為榮，不可不知，這時代讖書與緯書流行，歷朝之中最多讀書人作虛弄假。

漢武帝是另一個妄想可以戰勝時間的天子，而遍求長生不死之藥，求了半個世紀，這是打仗之外，最大而徒勞的花費。他也頒佈了一個新的時間表：太初曆。太初曆出自司馬遷、壺遂等人的建議，以為顓頊曆毛病太多。武帝徵召來許多位民間的天文學者合作制定。太初曆以正月為歲首，一年十二個月，閏年多加一個月，並且因應農業運作，區分四季的時令節氣。太初曆的主持是民間學者落太閎（公元前一五六年至前八十七年）。落太是複姓，不多見，若干年前我旅行四川時，才留意

到這麼一位偉大的人物。他早年在故鄉閬中鑽研天文，製作「渾天儀」，提出「渾天說」，這個渾天儀，是天文史上的新發明，他在儀器上刻上觀察到的日月星宿，證明十分準確。他認為天體就像一隻巨蛋，天是蛋殼，地是蛋黃。天上的日月星辰，環繞地球運轉，這「地心說」，當然有時代的局限，但比哥伯尼的「日心說」早了一千六百多年。太初曆編定，在漢朝絕對是盛事，因此改元「太初」。落太先生功成身退，又回到故鄉，他沒有興趣做官，雄主身邊的官，並不容易做。對他來說，宇宙流動，時間一去不返，而人壽有限，功名富貴，不過雲煙罷了，雨雪罷了，何如追尋自己對科研的美夢。在嘉陵江畔，星圖燦爛，不是更好看麼？

## 四

《漢書》作者說樂府是漢武帝創立的，近年秦始皇墓園出土樂府鐘，加上若干樂府泥印，記明秦朝已有，甚或是秦統一之前，始皇帝把六國的好東西收編了。這是王國維所謂歷史的二重證據法，地下文物結合紙上文獻，互相驗證。中國人喜歡做假，因此也喜歡證偽，而

地下往往推翻紙上。近人還加上「口述歷史」，作為第三重證據。武帝求長生的秘方不獲，不免有人生苦短的感嘆，而這正是漢樂府其中一個主題，這主題，永恆而普遍。

漢代歌詩其中有一首，叫〈日出入〉，我很喜歡，有一陣我還當是樂府詩選集的準則，選了，未必就好，不選，肯定不佳。名詩因為已經有名，反而不一定要選。這當然是偏見。〈日出入〉是祭祀日神的歌詩，作者據說是司馬相如，奉武帝之命而寫，李延年協律：

日出入安窮？
時世不與人同。
故春非我春，
夏非我夏，
秋非我秋，
冬非我冬。
泊如四海之池，
遍觀是耶謂何？
吾知所樂，
獨樂六龍。

六龍之調，

使我心若。

訾黃，其何不來下。


　　起首即詰問：日出日入，豈有窮盡呢？而人的時世
卻有所不同。這是日和人、物與我的對比：前者悠悠
邈遠，循環運轉；後者卻短暫匆促，不斷變動。下接的
四句，忽發奇想，前所罕見：既然天地自然運轉，不受
人的意志轉移，更非人所能主宰，那麼春天就不能說是
我的春天，夏天不是我的夏天，秋天不是我的秋天，冬
天不是我的冬天。人能對日月光陰說「非我」，無疑脫
出自我中心的思維。相反，在宇宙之前，人其實多麼渺
小。這是下兩句的意思：泊，是指飄泊無依，人寄於
世，猶如四海的小池，飄泊無定，通觀眾生，莫不如
此，人又能夠怎樣呢。再寫下去，好像人生只好無奈地
鬱鬱以終麼？

　　我可另有作樂的辦法，筆鋒一轉，說我可以調駕
六龍的日神，到天上遨遊。不要忘記，這是祭祀日神
的歌詩，誠心拜祭，說不定可以得到日神保祐，求得
長壽。聞一多認為詩中「使我心若」的「若」，應作

「苦」。然則自我慰解而明知不可能，樂苦其實參半。收結「訾」是嗟嘆之辭，「黃」則是乘黃，是黃帝的神獸坐駕，龍翼馬身。《史記·封禪書》載武帝曾説：「嗟乎！吾誠得如黃帝，吾視去妻子如脱躧耳。」躧，指鞋；去妻如棄履。武帝在詩句裏問：乘黃呵為甚麼不下凡來，把我帶到天上？

　　武帝不多久的確被帶走了，時限一到，有誰可以不走呢？人的時間要是能夠延長、凝定、挪移、甚至回頭、重疊，那無非是文學家的戲法，説穿了，也不過是幻覺。所謂霸權，絕對的，如果真有，只有一個，那就是時間。在時間之前，任何帝國，不過僭建罷了；任何霸主，也不過小兒罷了。僭建之物，遲早要清拆，因為不合法，不拆？時間會把你收拾。至於小兒，別指望會長大，那是無可救藥的侏儒妄想症。

# 從莫言和西西一張照片說起

　　朋友傳來一張莫言和西西的照片，問：這可是我拍攝的。我答：是的。照片拍於一九八七年，聖誕稍後，新年之前。我是善忘的人，到過甚麼地方，見過甚麼人，日子一久，就打了結。這次之所以記得，不是因為我一直保存這照片，不，這照片，我給了西西，西西把它寄給洪範出版社的葉步榮先生。那些日子，我們用膠卷拍攝，然後沖印，沖印後送給有關人等，只留下底片，但底片，二、三十年後，搬一兩次家，像我的記憶，不單打了結，而且放在黯黑、密封的角落去了。不過，這一張之外，我另外保存了一二張，其中一張，莫、西之外，旁邊另有一位朋友張紀堂，同樣站在天安門下，莫言同樣拿着西西為洪範編選的《八十年代中國大陸小說選 1：紅高粱》。當年，我們三個人，張紀堂

和我陪同西西到北京替洪範送書，送稿費，也看看冬天的北京，事先約了莫言在天安門城門下碰頭。我和西西都帶了傻瓜機拍照，紀堂灑脫，只拿他其實不大抽的煙斗。而我只有聖誕才有比較長的假期。莫言和西西的照片，是我拍攝，還會是誰？

在這之前，我們和莫言並沒有見過面。相認的方法是，西西到時拿甚麼《紅高粱》一書。當然，西西和他，已通過許多次信，照莫言自己的説法，十多二十封了。那時還沒有電腦伊妹兒之類，大家都在寫信。這些，得從上世紀七十年代末至八十年代中説起。一九七六年之前，中國內地的文學創作，並不好看，《艷陽天》、《金光大道》等書，都是主題先行的假大空。還記得曹禺曾帶話劇團來港，演出新作《王昭君》，我和西西幾個朋友也去觀看，本來就不抱希望，所以也並不失望。

開放以後，文學的創作為之一變，從劉心武的《班主任》等「傷痕文學」開始，到二十世紀八十年代的「尋根」，再大變。內地新時期小説的發展，西西在《紅高粱》的序言大概勾勒出來。我們幾個朋友，從閲讀歐美、拉美的小説轉向大陸。那些年我們幾乎每個月都上

西西與莫言一九八七年於天安門下合照。

廣州的新華書店找書，找雜誌，終日閱讀，發現好作品就彼此相告。其中最認真的當然是西西，她照例做了大堆筆記。大抵是一九八六年中，我向她提議，何不選編兩本書，公諸台灣的讀者？於是她加倍努力，有了一個大綱，就向葉步榮先生自薦。

說編就編，其實事情並不這樣簡單。首先要取得作者的同意。西西給作家逐一寫信，寄到雜誌，或者出版社去，然後等待，想來還是比較容易的。可沒有想到

還有台灣開始接受內地作品的種種問題。當年台灣還不能直接跟內地接觸，必須通過第三地，而且要送檢、認證，這方面可以參看鄭樹森教授最近《結緣兩地：台港文壇瑣憶》一書的記憶。當時一定增添葉先生很多額外的工作，我們後來才知道，他可一直沒有向我們訴苦。某些敏感的字句，例如「解放軍」，還不能在台灣出現，要向作者建議修改。莫言曾因此索性把《紅高粱》修了一遍，還加貼段落。這小說，有興趣的讀者不妨拿洪範版跟內地版對照。作家的回覆，有快有慢，有的石沉大海，要再向取得聯繫的作家求助。不過大致是順利的，不多久就基本完成了。西西在小說之外，還各附選一篇散文，並附推薦篇目。本來每篇還有出處，但後來刪去了，因為有《解放軍文藝》之類。翌年，一九八七年，兩本書稿就寄到葉先生那裏。

內地的小說家，西西印象最深的，就是莫言。這所以再編兩本時，又選了莫言的《爆炸》，並且作為書名。書未出來，西西和莫言已經成為並不陌生的朋友了，互相替對方找書。西西偶然讓我看他的信，龍飛鳳舞，寫在特大的稿紙上。他那時在北京魯藝學院進修，跟余華同房。西西也選了余華的《十八歲出門》。書當

年十一月出版。年底我們到北京去，分別約了莫言、李陀、鄭萬隆、史鐵生、張承志。還有幾位拉美文學的譯家尹承東、蔣宗曹等人。當天看到莫言，就走到我們居住的北京飯店午茶。當時他一直鬧傷風，不斷用手巾揉鼻子，起初說話不多，有點害羞似的，然後滔滔不絕。他對紀堂的煙斗很感興趣，好像還想拿來試抽，但因為傷風，放棄了。

另一天我們到李陀家去，見到他做導演的太太、鄭萬隆，再到史鐵生家，然後一起到北京飯店晚飯。史鐵生坐輪椅，一直由莫言負責推動，當時，他年紀較輕，在人群裏，話少了。另外一天，我們約了張承志，他帶我們看望回民朋友，到回民的飯館吃飯，還細心地替西西帶備筷子。

後來，我們在內地其他地方分別見到李銳蔣韻夫婦、張波、崔京生、王安憶、陳村、韓少功等人。一九八九年中，莫言到廣州，我們再在廣州會面，同去的還有古蒼梧。當時的政治氣壓極低，山雨欲來。九月，西西患病，經過連串化療，逐漸康復。不過此後跟內地作家已少通信了。此前，她在香港的《博益》雜誌也介紹過內地作家，每次選一篇，寫一段推薦。這雜

誌也有其他人對內地小說的介紹、評論，但與她一概無涉。某詩人卻認定她參與選稿，因某篇稿不用而去電把她罵了一通。有人以為她參與選稿，絕無其事。

再後來，兩岸互通，再無需香港的中介了。莫言、王安憶、韓少功、李銳夫婦先後訪港，也曾見面。現在跟西西談起，都覺得那是一段很愉快也很有意思的經驗。莫言得諾貝爾文學獎，《字花》主編黃靜給我傳來當年莫言寫西西的文章：〈香港好人〉，這幫助我的回憶。我還記得，在北京飯店時，李陀一早致電西西，告訴她落雪了。我們連忙出外，在當年仍然很有味道的王府井大街散步；那是我第一次見雪。

# 那失落名字的小土堆

一

　　一本旅遊書上說伊尹墓外不遠是魏徵墓，另一本說得更確切，相距不過五百米。我在河南的商丘旅行，參觀侯方域的壯悔堂，是的，是那位晚明四公子之一，名劇《桃花扇》主角的故居。這位公子死時才值壯年三十七歲，最後的日子就在壯悔堂度過。他本為復社成員，父輩都是東林黨人，入清後一時搖擺，竟然赴鄉試，後悔不已，就退隱讀書寫作，把屋子名為壯悔堂。好事者當然認定他這個悔，與李香君對他的誨有關，才子追憶佳人，前塵往事，終於醒悟過來，得以保存晚節。悔這個字，幾乎是晚明讀書人的關鍵詞；名氣越響，悔之也越深。但樓正在翻修中，牌扁窗榻之類隨放一地，還要小心地上的電線。這是上下兩層的硬山式建

築，框架仍在，細節內容卻在加工仿造。只有樓上李香君的睡房比較完整乾淨。然而，李香君真的曾居於此？我流連了一陣，也許手執若干繪圖，工匠還以為我是來視察工程的，任我隨意參觀。我之前剛到過河南駐馬店的上蔡縣尋訪李斯的故里，找到李斯的墓，又另外在偃師市一所中學裏看到呂不韋的墓，一個被車裂，一個被迫自殺，都死得毫不光彩，可都好歹留下高大的墓碑。到了商丘，知道原來唐代貞觀名臣魏徵一千五百年來也長居於此，身後且獲得太宗親撰碑文，諡號文貞，當然也要看看。

當告訴朋友我會去河南的商丘，他們總以為是指殷墟。殷墟在河南的安陽，在商丘北部，也不太遠。到河南，當然要去看殷墟，尤其是婦好墓。這是十一月，不是假期，殷墟幾乎沒有遊客，好極了，我走下婦好墓小小的入口，俯看開掘了的墓地，長方形，不大，土坑裏殘留若干陶器、鼎器，——貴重的禮器武器等等已移到不同的展館，尤其是河南博物院，我看過了。墓裏東西兩邊留下好些陪葬的殘骸，資料說至少有十二副，殉狗六隻。婦好自己呢，這位商代女子，古人最重要的兩件事，打仗和祭祀，她都擔當過主持，地位之高，可說後

呂不韋墓

無來者，反而最敵不過時間，腐蝕了。說來諷刺，據說可能是由於身穿華麗的服飾，服飾含微量元素，會分解骸骨。

　　我在墓裏來回觀看，只有我一個人，連看守也不在場，寧靜，然後是死寂，反而懷念其他博物館裏的喧嘩；我開始感覺不安，連忙從墓裏走出來。墓旁，又見婦好的塑像，手持象徵權柄的大鉞，身材豐滿美好，太美了，那種其實是去參加選美的美，老實說，我並不喜歡。比起西安華清池前的楊貴妃，這已經有所節制

了，那簡直令人慘不忍睹。婦好並非不愛美，出土銅鏡銅鑑之類可以說明，或者本人的確很美，但絕對不用參加現代商人搞的選美。墓前的直道，兩旁仿塑墓裏跪坐的玉人、寫意的玉鳥，如實放大，就拙撲可喜，我是沿着這直道走來的，充滿期盼，那是藝術，遠古了不起的藝術。

我抄好伊尹、魏徵的地址，請酒店替我召來一輛的士。司機師傅蠻有信心，找到伊尹，就可以找到魏徵了，還不容易麼。對伊尹墓，我興頭不大，二千五百年前的人物，假的真不了，否則會像婦好一樣轟動。伊尹的墓鄰接民居，頂圓座方，約高三米。墓前有伊尹祠，為元代翻修，祠堂四周圍牆，已覺破舊。不過墓園裏倒有若干蒼翠的古柏，據說足有二百株。故事說這是程咬金所植。他帶兵匆匆路過商丘，聽聞附近有魏徵墓，連夜領人種植柏樹以表心意，卻誤當伊尹為魏徵。他種了甚麼柏樹呢？相思柏、母子柏、龍柏、羅漢柏，等等。

我們沿着公路慢駛，尋找魏徵去。離開伊尹，兩旁是遼闊的農田，一路觀看，但五百米之後又五百米，而且遇到人就問，有的根本不知魏徵是誰，有的，總指着田壟那些土堆。路上人並不多。走了一回，連我也覺得

　　　　　　　　　　那一隻生了厚繭的手

不對頭，看來是走過了。放眼看去，田野裏偶然散佈着三兩土堆，旁邊各有一棵孤零零的小樹。但哪裏有甚麼墳墓呢，完全沒有。司機調頭回去，重新再來，不會找不到的。這一次，加倍留神，我們兩個，頭都伸到車窗外。十一月，並不太冷，但天色不好，總是灰濛濛的，一直不見陽光。後來回到鄭州，要離開了，天變得尤其慘淡，稍遠的地方都看不清楚。這是可怕的霧霾麼？大氣裏有 PM2.5 含毒的金屬物質？我在機場很擔心，問工作人員飛機可以飛嗎？可以，應該可以。

應該可以找到吧，司機師傅也說，為甚麼不可以？變成反問我了。這是第三次再從伊尹祠附近重新出發。這一次，駛了一回，索性把車泊在路邊，和我走下來。一定在田壠裏，因為好幾個不同的鄉人都指向田野去，真的，就在其中一棵樹下。我在田間尋找土堆，從一個土堆到另一個土堆，心想其中一個應該有那麼一個墓碑之類吧，哪怕是很簡陋很簡陋因為在文革時遭受破壞，但沒有。最後，一位好心的長者，帶領我們也走到田壠旁邊去，指着遠處其中一棵小樹。那一棵，我像在舞台上演戲那樣誇張地舉手，然後同樣指向他指的方向。他點點頭，那就是了。我趕忙跑過去。一棵孤單的

樹下一個小土堆，沒有碑文，甚麼文字識別都沒有，和其他土堆毫無分別。真的這是魏徵的墳墓嗎？我在土堆繞了好幾個圈，不勝納悶。魏徵啊怎麼成為了一個莫名其妙的小土堆。司機在後頭抽了好一回煙，走來，還是他機伶，說土堆下不是有些燒香的餘燼麼，是知情的老頭，到時候走來拜祭的痕跡。看來他跟我同樣失望。一代名臣，諫官榜上名列前茅的正面人物，卻落得那麼蕭條，連最後的一堆黃土也禁忌似的，沒有名字。甚麼都沒有。

也好，這叫功遂，身退；老子說的，生而不有，為而不恃。司機見我唸唸有詞，他不會聽得懂我蹩腳的普通話。回去了，我說。他如釋重負，然後在車上向我轉述剛才老頭告訴他這個沒有名字的黃土堆的故事。


二


為甚麼要到駐馬店的上蔡，那可不是遊客會去的地方，朋友問。我說我寫了一篇很長很長討論李斯的文章，像一場惡夢，趁惡夢快要醒來，就想到上蔡看看他早年的故里，其實也不一定非要看到甚麼。李斯是楚國

　　　　　　　那一隻生了厚繭的手

上蔡人，蔡本來是周武王弟度的封地，春秋初為楚兼併，後來一度歸吳，最終吳又為楚所滅。今天的旅遊書上還點明那裏仍有若干李斯的遺跡，例如他的墓，入秦前跑馬、打水的井。入秦後，他幫助嬴政滅了楚國。到了鄭州，我還可以去商丘、安陽，以至洛陽等地方。

李斯寫過篇有名的〈諫逐客書〉，朋友說：早一輩人讀古文都會讀過。把它當作戰國時代的游說文看，就嬴政因此罷除逐客令而言，無疑是成功的，但可不是正面的好文章，我說。朋友一臉狐疑。

怎麼說呢，我化繁為簡，就簡單地說說吧。首先，李斯列舉過去秦四君重用外客獲得成功，所以說秦不應逐客。但以為他是要求秦開放給外來人才容納不同的意見，像錢鍾書指出的，那是美麗的誤會，雖然鍾書先生是我最喜歡的學者作家，但李斯羅列的外客，或者不限於一地一國，卻絕非不拘一格，商鞅范雎等等都是同一類人物，是法家是縱橫家者流。他不提對他有恩而權力也一度最大的呂不韋。不韋這外客對秦好歹也有功勞，不過剛被打倒了。試想想，向嬴政稱讚他的遠祖，何嘗不是李斯後來要滅人族的「以古非今」？其次，他細數秦王珍藏外國的聲色寶物，說「快意當前」，欣羨之情

溢於言表，然後質疑秦王何以重外物而輕外人？這種下了嬴政其後的窮奢極欲。外客是自來的，外物可要用武力掠奪。說到這裏，朋友開始有點不耐煩，伸手掩着打呵欠的嘴巴。我再簡單些，後人稱這文章為「諫」，不如說是「說」，《戰國策》裏游說的「說」，因為「諫」自有中國獨特的傳統，那是比干晏嬰魏徵的傳統，和「五常」掛鈎。還有，在文章裏，他暗中把要驅逐的外賓跟一般平民打通，好像移民也要盡逐，秦可是當這些移民是「歸義」，這是偷換了概念。還有。

還有甚麼呢？朋友吮了兩口紅豆冰後，開始對付桌上的芝士餅。還有我對法家對秦朝對讀書人的一些思考，當然要仔細分析。在整個芝士餅像秦王掃六合那樣被風捲殘雲掃清之前，我連忙打住。

從鄭州南下上蔡，行車三小時，原本打算在駐馬店留宿，但司機說即日可以來回，晚一些罷了。可以找到李斯墓嗎？可以。不同的司機，說着同樣的行話：可以。到了上蔡，他當然也同樣不斷問人。不過好快就找到李斯的跑馬崗和飲馬澗，據說李斯在祖家當的雖是倉庫小吏，可經常在草崗上馳騁，然後在澗溝中飲馬。不遠處，就看見李斯墓。

　　　　　那一隻生了厚繭的手

李斯墓

　　墓塚座落在稍稍高聳的崗嶺上，前後大片的農田，視野無敵，墓前豎立高大的墓碑，刻上大字隸書「秦丞相李斯之墓」，其實他當丞相的年月並不長，短者五年，多者也不過十年，而且在嬴政時充其量是第三號人物。墓的四周是石階，墓的兩旁又有刻上李斯文字的碑石，第一篇即是〈諫逐客書〉。而墓外散植松柏。後來我翻看資料，墓高 12 米，底部直徑 40 米，總面積達 1256 平方米。我在魏徵那孤零零一棵小樹那不足 1 米

的小土堆前，心情複雜，想到的其實就是這個戀棧名利合謀矯詔的李斯。那簡直是豪宅，可魏徵連小小一行碑文的板間房也沒有。

《史記》載秦二世二年，李斯受過各種酷刑，再押解到咸陽市上腰斬時，他跟中子說：「吾欲與若復牽黃犬俱出上蔡東門逐狡兔，豈可得乎？」然後父子相對痛哭。這時候，小小的廁倉還是差堪眷戀的。司馬遷接着寫：「而夷三族。」李氏三族人分明都殺了。秦法嚴苛，連坐揭告；漢人則對李斯甚不以為然，那麼這會是誰修建的大墓？民間則傳說李斯被抄家，幼子逃匿到上蔡故居，得以免難云云。

李斯墓一帶沒有甚麼民居，交通不便，也沒有遊客，碑石上卻有各種粉筆的塗鴉。大抵上蔡的中小學生到郊野來旅行，管你是誰，那麼闊大的石板正好繪畫。我掏出紙巾試試拭抹，一個騎着自行車到來的少年，見了也連忙替其他碑石揩抹。少年看來憨直善良，我們一直沒有說話，卻合作為李斯做了一次形而上的整容沐浴，哪怕是作真作假。

　　　　　　　　　那一隻生了厚繭的手

三

　　魏徵對唐太宗許多次忠諫，有時甚至令皇帝尷尬得
面紅耳赤，難以下台。我翻過唐人吳兢編撰的《貞觀政
要》，記錄太宗與群臣議政，皇帝固然豁達大度，臣子
也坦誠相告，這是所有皇帝所有領導都應該細讀的一本
書。其中最出位，不，最稱職的當無過曾任諫議大夫的
魏徵，一次太宗生氣得聲稱要殺死這個鄉巴佬，但終究
都會接納他的意見，承認自己不對。一無權力限制的皇
帝，竟然自認不對，而且多次自認不對，感謝有臣子魏
徵的勸諫，而這臣子一如管仲那樣出身自太子建成的敵
對陣營，真不簡單。魏徵曾說：「陛下導之使言，臣
所以敢諫；若陛下不受臣諫，豈敢數犯龍麟？」魏
徵死後，我們當然記得太宗有「朕亡一鏡」的深嘆，
那面可以知得失的人鏡。魏徵平素清廉簡樸，屋子沒有
正室，太宗知道後，就叫停正為自己建築的小殿，把木
材送給魏徵。

　　但何以這麼受禮待的重臣，身後落得只賸田壠裏一
個沒有名字的小土堆？在回程裏，司機師傅轉述長者告
訴他的故事。話說魏徵很率直耿介，平日得罪不少人，

他對皇帝尚且不賣帳討好，何況對其他牛鬼蛇神？生前身後總有人中傷他。加上他曾舉薦兩個人，認為都可以勝任宰相，結果一個因罪被黜，另一個更因謀反被殺，令太宗不滿，更大的狀況是，他把平日對太宗諫諍的言詞抄錄給史官褚遂良，太宗一氣之下，把他的墓碑毀掉，甚至原本要把衡山公主下嫁魏徵長子的婚約取消。這就是小土堆的由來。師傅真是個會說故事的人，我只是一直半信半疑。不過我記得唐太宗曾有詩云：「待予心肯日，是汝運通時。」人治的社會，賢如太宗，也要看他的心意，而這心意，且會隨時改變。

回來後看書，《新唐書‧魏徵》的而且確記述了上述的事，只是故事並非止此而已，皇帝的主意，其實一改再改，改回來了。下文說遼東之役，李勣力戰才把進犯的高麗、靺鞨打敗，太宗因此又懷念起魏徵來，嘆說：「魏徵若在，吾有此行邪？」於是祭之以豕和羊，重新建立墓碑，恩禮有加。他的墓在哪裏呢？史書上說伴葬昭陵。這是太宗李世民在西安的陵墓，而不在商丘。其他伴葬的還有貞觀名臣李靖、房玄齡、尉遲恭、李勣等，魏徵應該殊不寂寞。據《貞觀政要》載，魏徵是「鉅鹿人也，近徙家相州之內黃」，鉅鹿即今河

北省刑台市鉅鹿縣；相州，今屬安陽，是殷墟的安陽，是少年岳飛讀書習武的地方。孟子要我們盡信書不如無書，尤其是旅遊書。

# 文學創作的寫和讀

幾年前的一個夏天，在報上看到一位語文講師，指責中國語文教本上的語體範文，罪狀是過分歐化，例子是「放着」、「蹲着」，認為這是英文現在進行式的語法，中文不會這樣用的，云云。當時，也許小城無事，這種胡說八道居然可以招待記者，又有記者接受招待，並且認真地為之公佈、表列出來。記得語言大師趙元任譯《阿麗思漫遊奇境記》第七章描述一隻「睡着的」鼠兒，為了表達這鼠甚懶，趙氏譯：「（牠）坐在他們當間，睡得着着的。」着字不單當下進行，更成為俏皮的形容詞。其實，我們翻翻《紅樓夢》之類，譬如說第五回吧，不是通篇「掛着」、「寫着」、「懸着」嗎？再早一些，譬如楊萬里的詩，就有「逢着詩人沈竹齋，丁寧有口不須開；被渠譜入《旁觀錄》，四馬如何挽得回」（題沈子壽《旁觀錄》）之句，這是宋人

　　　　　　　　　那一隻生了厚繭的手

的口語，既有現在進行式，又有被動式。可見如果要講語法的話，這種用法吾國古已有之，不是洋文獨有。

楊萬里看來很喜歡「逢着」，另有「逢着王人訴不堪」句（「王人」即天子使臣）；照錢鍾書的說法，他的口語都有出典，「他只肯挑牌子老，來頭大的口語」。且不說這是語文講師不認牌子、來頭，妄下議論的毛病；即使過去所無，為甚麼今天就不可有呢？想深一層，以泛語法家的角度看文學作品，字字句句求合於語法，一切繩之於語法，又是否有問題呢？

這毋寧是一般語文老師講授文學創作的問題。我們要求學生把文字寫好，寫得純淨，而且，合乎語法。說來好像不錯，但文學的創作絕非僅此而已，文學語言與實用語言不同，那是一種審美的形式，要看效果，那牽涉情感、氛圍、腔調、節奏、表述的角度、角色的扮演等等，不是把冗語刪掉，把長句削短，把被動改成主動，那麼一回事而已。「回也非助我者也」是文學，「回非助我者」卻不是；妙在兩個「也」字，特別是第一個，老先生沉吟、覥覥的情態乃得以活靈活現。「我被他出賣了」一句，倘一定要改成「他出賣了我」，不能用被動式云云，豈知兩句主客的比重並不相同，意義

有別。這所以，有人孤立、割裂地改魯迅的句子，改周作人，改沈從文，結果只改成了一種八、九十年代腔調的魯迅、周作人、沈從文。這種做法，美其名是破除偶像，其實是在堆砌另外的偶像。影響之下，我們的語文老師挑燈改卷，往往疲於搜捕這裏多出的一個前置詞，那裏額外的一個虛字，見林而不見樹，到頭來甚麼都不見。我們忘了每個成功的詩人作家，都有個性：他有而且必須有自己獨特的腔調、用語，甚至他自己的一套文法；此外，還有他的社會背景、語言環境。翻開辭典，某些措詞用語之所以「合法」，不是由於詩人作家用過嗎？我只怕老師拿起學生的創作，只着眼句子是否通順，是否合乎語法，而看不到他的創意，先要他就範、淨化，文字上的，以至思想上的淨化。響應清理污水，卻連盆裏的嬰孩也一併扔掉。《老人與海》據說也有不合語法的句子，但無損這是海明威的傑作。中學生並無海明威的威名，那種創意多數都不成熟，只怕在文法的高壓下，勇於試新的苗頭，得不到寬容、同情、鼓勵，很易就被扼殺了。

　　創作之難，難在創新。文字的粗糙，仍強似思想的平庸。我覺得文字是否簡練，是否清通，是否合乎語

　那一隻生了厚繭的手

文習慣，其實並不是好作品的前提，只要獲得鼓勵，寫下去，不斷練習，大量的閱讀（不一定要讀文學作品，更不要只讀一種文學作品），遲早會解決這些問題，然後養成自己的寫法、看法。因為最重要的不是文字，而是思維，是抒寫的眼界，是識見，是想像。我們的報刊，不是有各種各樣的專欄嗎？不是都寫得老練、流暢嗎？為甚麼真寫得好的，值得流傳的，只是少數？有時候，我們反而嫌某些作者寫得太老練，油滑有餘，生澀不足。艾略特（T. S. Eliot）過去有「感受分離」（dissociation of sensibility）之語，指文字語言越趨精緻、簡練，感受反而變得越粗糙，失去那種貼近耳目的天然狀態；語言與感受，變成怨偶，分了家。惡性循環，汲汲泥執於固定的語文習慣、用語、句式，是否同時桎梏了學子表達一己感受的能力呢？我們與其從文法家，尤其是三腳貓式的文法家那裏學習寫作，不如通過具體作品的研習，反覆細讀，用心體味，尋找表達自己的方法。

我反對泛文法的角度，並不意味我排斥語法的研究；一如我反對在中學的中國語文科跟學生苦磨甚麼明喻隱喻，甚麼借代。這裏談的是年輕學子寫作的問題。

文法、修辭格的學習是否對寫作有助益？也許，但又未必。更大的問題是，我們為此付出了沉重的代價，成為負資產。因為我們的做法是：把有生命的語文弄成死翹翹的東西。我一位小友，十二歲就弄懂了賓詞主語、指示代詞、疑問代詞（這些，泰半有成就的作家都弄不清楚，也不必弄清楚）；會分辨互文、頂真。但你問他喜歡中國文學嗎？答案是：我討厭死了。

放手讓我們的學生自由地寫，愉快地寫吧，也讓老師愉快地改（這方面，當然還需要其他的配套，如縮減每班人數，等等），彼此從文法、修辭的束縛走出來。與其着眼於文句，不如把心力放在構思上面，深化學生的思維，開拓學生的眼界。談技巧，不如從整體的結構去看，文章哪裏要濃墨重彩，哪裏輕輕帶過就行了。

其次，如果香港的高中中國文學真要從文學知識的研習轉向創作，除了要擺脫泛文法家的糾纏，還要擺脫的是泛道德家的角度。從各種開放了的初中中國語文版本看，所選的大多是被認為適合的教材：一，合乎語文習慣；二，內容健康。所以不少四平八正的平庸之作。變換學生的角度，一個是寫的問題，另一個，則是讀。不談創作則已，要談創作，就得擺脫「內容健康」，泛

　　　　　　　　那一隻生了厚繭的手

道德家的標準。我們既要年輕人寫得標準，在創作上，又要求他「健康」地思想，不要逾越道德的界線，不要犯險。各版中國語文的選文，多選了本地作家的作品，這是好事；但不見選在兩岸三地頗能獨樹一幟的散文家淮遠之作，據說是因為他寫了不少「壞孩子的劣行」，恐怕對青少年有害。出版社的態度，其實是語文老師，以至整個社會口味的反映。語文老師大抵不會認為「意識不良」、「內容不健康」的作品也可能是好作品；就算承認，也不會同意可以拿來當教材。再進一步，凡信念上的、政治上的，種種不正確，都必須排斥。我一位教師朋友看霍金的《時間簡史》時，看到他跟朋友打賭，——賭固然不妥，更以訂購《藏春閣》作為賭注，於是再看不下去了。而這竟是暢銷書，豈不荼毒青少年？怎麼可以呢？他於是也放棄向學生推介這本書了。又如李安的電影《斷背山》，原著小說也是很不錯的佳作，但我們的文學老師，有勇氣向學生介紹麼？如果外國人不覺得這是毛病，為甚麼到了這裏就成為問題呢？

這是不信賴我們的年輕人，也不信賴我們的社會。我們不相信年輕人有辨別的能力，不相信社會有自我調節的功能。高中的學生，有十七、八歲了，是小成年，

他們要對自己負責，也應該讓他們負責。可是要他們負責之前，先要讓他們明白社會的複雜性，而不是把他們保護起來。這種想法，實則也是自己長期受保護的結果。這彷彿是一個戴口罩、戴眼罩的社會，為了免疫，我們於是也失去了免疫力。事實上，社會越來越多元化，也越來越分歧，眾聲複調，年輕人在網絡裏遊走，如果這是個文明的社會，則自會有調節、互補的能力，要疏通，而不是堵塞。有時我想，文學老師同時要肩負道德教化的任務，也未免太苦。

何況，文學藝術，尤其是好的文學藝術，往往是非道德（amoral）的。不是不道德，也不是反道德，而是超乎一時一地的道德規範。文學無禁區，文學家既可以表現美善、理想的世界；也可以表現扭曲的人性，以至邪惡的世界。道德家教人「存天理，去人欲」，文學的世界裏，「人欲」不單不能去，而且要表現它，把它挖出來。我們向青少年講創作，最有效、最實際的途徑，就是要他們多寫多讀，兩者相輔相成，互相闡發。但讀甚麼呢？如果只是內容健康、意識良好的作品，──某時某地的所謂健康、良好，可能是偏頗、狹隘的。換言之，我們對文學之為文學的看法，本身可能也是偏頗、

　　　　　　　　　　　　那一隻生了厚繭的手

狹隘的。寫梁山草寇的不一定誨盜，寫西門慶邪行的不一定誨淫。清代陳端生的長篇彈詞《再生緣》寫了十七卷，六十萬字未完，有那麼的一個侯芝，一面自薦要為她把全書續成，另一面，仍然批評她顛倒陰陽、抑男揚女；更嚴責女主人公「滅盡倫常」。評語反映了時人的看法，罪名不可謂少。但三百年後，這些不良意識，倒變成了這部長詩傑出之處。陳端生動筆寫《再生緣》第一卷時，照郭沫若的考證，正是十八、九歲，本地高中生大學新鮮人的年齡。公認的「好孩子榜樣」之作可以讀，所謂的「壞孩子劣行」之作何嘗不可以讀？這才是通達、完整的人生。只讀一類書，只容一種思想，怎能打開眼界？

# 為亦舒講幾句話

　　亦舒的種種傳聞，本來不想多口，亦舒並不是我的朋友，她移民加國之前見過數次，那是西西、杜杜的關係，在一群朋友之間，她應該不會再記得我。我沒有看過她的小說，但當年她在《新晚報》等散文專欄，倒看得不少。從寫作以至生活，那是不同的取向。她和西西幾近半世紀的友情，是這方面最好的說明，彼此取態完全不同，但互相尊重。西西可說是亦舒離港前最私密的女性朋友（別亂想），之後才再無聯絡。這其實正是香港人過去的生活方式，同一份報刊上，一邊風花雪月，另一邊仍然容得下少數人嚴肅的文學寫作，河與井不相犯，但也並不分隔，多元競秀，這才是真正的包容。

　　記得當年辦《素葉文學》，第一期（一九八〇年六月）剛好希臘詩人艾利提斯得諾貝爾文學獎，我們也組織一個小輯，聊天時，好像是西西吧，請亦舒也湊興譯

一首詩，她居然答應了；然後再要她寫幾句感想，她又寫了，開頭是「我花了三天讀這首詩……」。這恐怕是她認真對付精緻文學的唯一的一次。對我來説，簡直不可思議。

不過她的前夫蔡浩泉是我的好友，我以往的書都由他設計封面、繪插圖，除了一兩瓶紅酒，並無酬勞。紅酒我也喝了一半。你給他酬勞，除非他喜歡，否則能拖就拖。我至今仍然認為他是香港其中一位最好的設計家、插圖家，早期的《素葉文學》，即由他義務美術設計。他的版頭設計，曾影響一代人。他的配圖，由於深諳文學藝術，自己也能寫，通讀一遍，往往就能掌握精要而相體裁衣，更有一己的風格，用句老套的話：這是文字與繪畫的對話。此外，他是很不錯的水墨畫家。素葉曾為他在大會堂辦過兩次畫展。説來年輕的亦舒，也真有眼光。當然，戀愛是一回事，結婚又是一回事。你不能只要他的藝術，而不要他的藝術家性格。而兩個人的分離，其實清官難審，也最好不要審。

然而，當報上娛樂版的記者也隨意寫出亦舒不認子，這似乎已成公論，我就覺得有説幾句話的需要，為亦舒，更為阿蔡，因為誠如跟阿蔡曾長期一起工作的

許廸鏘説：「阿蔡生前從未説過亦舒一句壞話。」我甚至想，有母如此，倘不引以為榮，至少要加以維護，更不應加以傷害。這是中國倫理「父為子隱，子為父隱」的道理，何況，母親根本沒有偷羊，她是一字一句，寫出自己獨立的生活。至於外國的所謂普世價值，其實也關乎對個人生活的尊重，這種尊重，我們一向珍之重之，甚於血緣，一如我們不能偷看子女的電郵信件之類，再進一步，在自由之區，我們拒絕政府用任何理由，監察人民的私隱。

港台，以至大陸媒體對亦舒事件的説法，大多道聽塗説，沒有看過亦舒兒子蔡邊村拍的 *Mother's Day*。這電影，我是看過的，也算知道一點內情，遲遲而不能動筆，是要説的話，不免牽涉對這紀錄片的看法，阿村畢竟是侄兒，在德國生活並不容易。但想深一層，他爸爸以至媽媽的生活何曾易過？當我在電腦前猶豫，彷彿有一把聲音，對我説：阿「忍」⋯⋯。三、四十年前在《星島日報》跟談錫永、黃俊東、阿蔡等六位男士合寫專欄（相對於當時蔣芸、柴娃娃等女士的「七好」），我年紀最小，長輩一旦脱稿，阿蔡就來電：阿「忍」，無稿呀！於是我放了學就跑到圖騰，或者星島趕寫。

這麼想，就自覺義不容辭。邊村由於父母離異，自小由祖母提攜，失去母愛，其情可憫，卻不能罔顧事實。這齣所謂紀錄片，毋寧更接近劇情片，內容設定，相當煽情，說得不好聽：是炒作。

首先，亦舒並非不認子。亦舒事件，兒子邊村自是始作俑者，台灣作家陳思宏則推波助瀾。他在德國看了此片（此片曾上德國三個影展，有人訛傳說成是得了獎），在面書上寫了一文，相當感性，一傳十，十傳百。在兩岸三地媒體竟成新聞，就我所見，香港兩家甚至成為首版頭條，加鹽加醋者有之。內地三個媒體，曾想透過我訪問西西，或者索取亦舒的地址。我不敢參加面書的盛會，朋友把陳先生的文章傳來，我才讀到。他用心善良，但對電影內容未加深究，也太輕率。他說：「亦舒，這位常常在散文作品裏書寫對自己女兒的關懷的作家，卻從未找過兒子蔡邊村。」這不對。這也是邊村在電影中提到的。少提，不等於不提。她早年的文章曾指名道姓兒子蔡邊村，見文集《自白書·兒童樂園》，邁克曾指出過，又另引《我之試寫室》，正面寫兒子。電影中邊村在溫哥華找媽媽的書，所見其中一本就是《我之試寫室》（惟據邁克所言，此書天地版不收

此文）。當然，母子一起的日子，跟母女的比較，短得多。她也並非沒有找過兒子。離婚以後六七年，亦舒曾請西西帶九歲的邊村出來相聚，吃飯看戲，過了一天，邊村在 *Mother's Day* 也提到。要指出的是，這是亦舒主動要求的。離婚後蔡浩泉另有女友，其後再婚，亦舒則輾轉英國讀書，回港後在政府工作、戀愛、另嫁，移民加國。邊村則跟隨爸爸，一直跟祖母同住，中學預科畢業後，上世紀八十年代到德國升學。亦舒不是不認，是你有你的，我有我的生活，後期更不想再來往，如此而已。

二、三十年前，亦舒曾入院做手術，《星島日報》副刊主編何錦玲女士曾向我們一位朋友透露，倘有不測，其遺產（至少部分）繼承人寫明是蔡邊村。那時邊村剛離港到德國。這說明母親既非拒認，也不是不把兒子放在心上。「何必同衾幬，然後展殷勤？」曹植對弟弟說，現代人懂麼？

其次，陳文又說：「當蔡邊村在拍攝這部電影時，我們曾在 Thalia 書店巧遇，當時他正在童書區看漫畫。我們就在漫畫區旁聊着，當時他以廣東話說『我發現我媽媽是亦舒』，我猜了好久才發現是亦

舒，然後就在書店裏小聲地尖叫。」

「我發現我媽媽是亦舒」云云，予人的感覺是邊村在 2012 年拍攝尋母時才知道母親是名作家亦舒，說的是廣東話，容有誤會，又或者是他因「發現」母親是亦舒才開始尋母的拍攝，*Mother's Day* 也予人同樣的感覺。但無論如何，都有違事實。阿蔡的朋友，不離寫作界藝術界，過去從無人隱瞞邊村的生母是誰。他的出世紙，母親一欄就寫着「Nee Yeh Su」。邊村移居德國前，要找亦舒，不難；有人甚至提及阿蔡喪禮時（二〇〇〇年），主動給予他亦舒的地址、電話，他並不要。許多年後，何以到了兩倍於亦舒當年生下他時的年紀（44 歲），才說「發現」？

把這些說穿，「一個家族的祕密」就失去揭秘的吸引，這電影就不「誠實」了（引句是陳思宏語）。

片中邊村訪問西西，西西並不知道是為了拍攝紀錄片，談不上同意。兩三年前他從德國回來，一個人逕自上門找西西阿姨，意思是順便拍些 video 留念，問起亦舒，並要亦舒的地址。西西說了自己對亦舒作品的想法，她說：「她寫得好好（很好），但不是好的文學作品。」這是坦誠的話，並說亦舒過去追求愛情，

如今追求安定；並勸邊村還是不要再騷擾她。而彼此再沒有聯絡。片中所見是這樣。可是他關了機，臨走時，拋下一句，說他一離開，西西馬上就會通知媽媽。好像說西西騙他，令西西難過了好一陣。西西後來告訴我，就是知道地址，也不會告訴他，須先請示亦舒。奇怪的是，*Mother's Day* 之成為紀錄片，備受談論，也是我轉告西西的，邊村的若干親戚、朋友都看到紀錄片，但上鏡的西西一直蒙在鼓裏，至今沒有人送給她一個 copy。西西其實可以要求把「戲份」刪掉，就像另一位上鏡的朋友那樣要求，但這個阿姨想想，都刪去了，就所餘無幾了，說到底這是小侄的習作。

片中他到加拿大輾轉尋索亦舒。他找到了，恐怕並非巧合。鏡頭出現好幾次那裏的地區環境，一再突出門牌編號，我們想，亦舒半生追求近乎隱居的生活，不保了。當亦舒和丈夫在家門前下車，邊村上前，說：你是倪亦舒麼，我是蔡邊村，亦舒是笑容燦爛的，並無拒人之意，但當邊村告訴她後面遠處一直用鏡頭瞄準的德國人是朋友，正在拍攝尋找你的影片，亦舒就推說其他時候再談吧，轉身入屋。第二天，邊村再來，再沒有帶攝影師來，這次是邊村自己覆述：一個男子（大抵是亦

　　　　　　　　那一隻生了厚繭的手

舒丈夫）站在門口，禮貌地否認她是亦舒，樣子相似而已，請他回到香港去找；然後，他聽到門後有人大力關門。他再寫信投入，也沒有回音。這反應完全可以理解，也是可以預期的，一向自我收藏，只讓文字示眾的人，被強迫上鏡，喜歡才怪。勉強要批評，只能説亦舒處理得不夠圓滑，她可以寫幾個字回覆：「不必見，好好生活。」但這是圓滑的人的做法。

不能理解的，是為甚麼要拍這個尋母的片子？邊村自己説，不過想和母親過一天，云云。我更不能理解，朋友傳給我 youtube 上邊村拍下父親病入膏肓的紀錄片，我和朋友都看不下去，希望不是邊村放上的。我的記憶是和阿蔡外遊時他健康的樣子，也應該是這樣子。遊新疆時阿蔡最是神采飛揚，同行的邊村才十二、三歲。電影開始時，訪問繼母，訪問姨媽侄女，不過一個在理髮，一群在搓麻雀，頗有電影感，卻有獵奇之嫌。整齣電影，技術是不錯的，卡通加上拼貼都有趣，也有想像，但電影何止是技術而已？姨媽姑姊談他的爸爸，甚麼「小小（有點）吊兒郎當」，甚麼「今天有酒今天醉」，其中畫外邊村插嘴挑撥：「小小（一點）？」評得並非不當，但這是對藝術家的不理解，電影應該平衡，

呈現一下爸爸的作品，哪怕是幾個鏡頭，兩三分鐘，邊村也是藝術家，應還老爸一個公道，但沒有。這麼看，邊村對父母親其實都不諒解，甚至不了解。

尋親以至尋根的紀錄片，並不少見，往往是出諸並不知道親人，往往牽涉不同文化的思考，尋人者回過頭來，自我反省；要是嫌陳義過高，至少要顧及親人或者他人的感受，而不是一味自以為是。我倒想問：邊村在尋找的過程裏，找到他自己嗎？

那一隻生了厚繭的手

# 遑恤身後慮

　　葉輝的文章〈最好的永不，永不的最好——給也斯〉（《明報》二〇一三年一月十四日），頗引起一些朋友對我的質疑，甚至誤會，倒不是葉文的問題，只怪讀文章的人粗心，沒有仔細看清楚。葉的文字是這樣的：

　　　　我想告訴你，2013 年 1 月 7 日晚上，接到很多電話，其中一個是何福仁來電，他第一句就問：「也斯是不是……」我說「是」，然後跟他提起《狂城亂馬》的事，他說：其實只要面對一次，承認一次就沒事了，更不妨向質詢者反問：你看過沒有？寫得好不好？

　　這是實錄，一字不差。一月七日晚，我致電問他，「也斯是不是」，的確是這五個字而已。為甚麼這樣

問，因為竟然有一位記者來電問我，我答不知道。我問了兩位朋友，然後想到葉輝。他答是。然後，請朋友看清楚，「然後跟他提起《狂城亂馬》的事」。誤會就在這裏：一、朋友以為是我提起《狂城亂馬》事件的；二、我多年來「遠離群眾」（準確地說，遠離的其實是文學圈子創作之外的活動，而且，對不起，是少眾），對事情並無了解，就妄加意見，too simple, too naive。

我的確對《狂城亂馬》事件並無所知，不過道聽風聞，事實上，這是第一次由真正知情的人向我證實：心猿即是也斯。我的甚麼「面對一次，承認一次」，的確是自己一廂情願的想法，too simple, too naive。後來另有朋友提醒我還有獎金之類問題。這些年我的興趣轉移，喜歡古典，感覺古典的世界可以免除糾葛複雜的人事，我有我的堅持，我就喜歡那種 simple，那種 naive。新的創作，以及作者，我既少看，也不大認識，除了知道幾個名字，韓、謝、潘，之外，還有一個更年輕的黃；偶然參加文學雙年獎詩組的評審，算是給自己惡補一下。我逃避文學圈子的是非，其實是刻意的。《狂城亂馬》我只翻了若干，就擱下來；然後書被朋友取去，也不知所終了。當年事件擾攘了好一陣，我

　那一隻生了厚繭的手

沒有興趣，感覺工作已喘不過氣來，自顧尚且不暇。我和也斯可說識於微時，始自《中國學生周報》後期，然後參加《四季》（第二期），再然後是《大拇指周報》，他編文藝版，我編書話版，幾乎每星期總有兩三晚拿着打字稿一起剪剪貼貼，之後咖啡啤酒之類，往往聊至深夜，明天我又一早上班。那時自己年輕，充滿活力，更 simple，更 naive。記得我曾有一小文，談也斯的〈茶〉，應是最早談也斯詩作的文字。許多年後有人收編此文，奇怪對作者也不打一下招呼，而且任意刪減，連題目也改了。我離開《大拇指》後，圈子不同，已很少跟也斯聯繫，他從美國回來後更少來往。最後一次見面，應該是幾年前應約參加由鍾玲教授主持的朗誦會，也斯看見我，還說：何福仁也來了。意思是我是稀客。

　　我和葉輝也相識三、四十年，我和他的話題，除了文學，還有一個共同興趣：足球。有時我覺得談足球不是更有趣味嗎？但近年也各有各忙，很少見面，較多的一段日子，是他接掌某報的攤子，囑我寫個小欄，我答應只能在暑假效勞，所以寫了不久就停筆了。他這次提起《狂城亂馬》，並說也斯始終對《狂城》一事耿耿於懷，我是順着話題表示想法，那是慰情聊勝無，陶

詩云：「放意樂餘年，遑恤身後慮。」他當時並沒有告訴我打算重印此書，要為故友取回一直放棄的著作權，讀了文章我才知道，其情可感。對真相的尋求，如果要我這個稀客支持，我豈能反對。說真話，是需要勇氣的。

葉文登出後，有朋友電傳給我一九九七年香港年鑑「《狂城亂馬》事件」的資料等等，要我惡補，我瞄了一下目錄，竟有心猿〈我的聲明〉，自稱身在海外，又有文章題目云〈也斯絕對不是心猿〉，把我也弄胡塗了，然則，是否原本可以是簡單的事，變得越說越複雜呢？令人想到中外的政要，或因桃色醜聞或因僭建，由於一再否認，成為誠信問題。我實在看不下去，這原不在我平素追尋之列。只盼重印時知情者（如葉輝），附寫一文，陳述全部的事實，是是非非，面對一次，唯有真的提起，才能真的放下，為這公案做個了斷，向歷史交代，而不要再引起猜疑和誤會。

附記：年輕讀者未必知道《狂城亂馬》事件。那是一本曾獲香港文學雙年獎的小說（一九九七年，第四屆；那一屆也斯和我同獲詩首獎），作者心猿。當年有人揭出真正的作者其實是小說評判之一的也斯（梁秉鈞）；但另有人則認定不是。乃成公案，而心猿始終沒有出現。葉文在也斯出殯當天發表，並在喪禮上講述，文中指出決審前也斯曾申報利益而退席。本文發表後，有人電傳給我也斯發表的〈一個評判的意見〉（《明報》，一九九七年十二月二十七日），以評判的身份談對《狂城亂馬》的意見，顯然並沒有避席。葉兄大概誤聽了。

# 寫詩是一種獨特的自由行

一

寫詩是一種旅行，獨特的自由行。

上路時你可能帶了一張地圖，可這張地圖就像尋寶電影的地圖，總是一個謎團引出另一個謎團，要你不斷追尋。不過趣味就在追尋的過程裏。你知道大概的方向。大概罷了，更多的時候，可能是一兩個形象、名字、聲音，奇怪地觸動你，叫你出發。於是你就出發了。也不用甚麼行李、準備，你拿出紙筆，或者打開電腦就行了。這是一個人的旅行，只容許你一個人的自由行，去一個既熟悉又陌生的地方。古人告誡我們：「父母在，不遠遊。」《論語‧雍也》下一句是修訂：「遊必有方。」不是不可以遠遊，而是要有一定的方向、目的地，別讓父母擔心，必要時可以找到你；就好像說：你

不可以打機，除非你做好功課！

　　方向是有的，但你沒有固定的路線；坐甚麼交通工具，在甚麼地方歇宿，你走着瞧，但不妨事的，因為沒有危險。你可能喜歡冒險，好詩人，都勇於冒險，都有冒險精神，但那是語言上的、思想上的，父母不會因此擔心。有一個婆婆，因為孫兒李賀是一個寫詩迷，喜歡一早坐着驢子出外，據說是要尋覓詩句，東找西找，找到了，就寫好放在行囊裏；晚上回來時婆婆只需命人翻看行囊，看見許多詩句，就擔心他找壞了身子，說「是兒要當嘔出心始已耳！」老人家的擔心是可以理解的，我們常常聽到行山的人迷路，長跑的人暈倒，那是不小心，不清楚自己。一般來說，寫詩這種旅行還是挺安全的，只不要像那位李賀那樣不管自己的身體，或者耽誤了其他的責任。

　　前面提到老人家教我們「不遠遊」，老人家不免嚕囌，他們的話，我們聽了前半句就嫌煩，其實後半句才重要：「遊必有方」。無論各種各樣的旅行、遊學，都要「有方」。「方」在這裏，是「方位」、「地方」。寫詩是旅行，可不等於說你執起筆就成為遊客，去一個個觀光、購物的地方。不是的。這種旅行的心情，說來好

像矛盾，反而像歸家。以我為例，我好歹寫了三、四十年，看來還會寫下去，因為我在這裏找到自己的角落，角落雖小，卻容許我在天地間暢遊，從天堂到地獄；尤其以往在外頭忙亂頻撲，夜闌人靜，攤開一張紙，後來是打開電腦，就有一種歸家的感覺，回歸一個寧靜、牢靠的地方。但要是你問我，這地方在哪裏，可以在旅遊書上找到嗎？我只能引用切斯特頓（G. K. Chesterton）的話，他最擅長這種弔詭：「我們一旦紮根在一個地方，這地方就消失了。」（The moment we are rooted in a place, the place vanishes.）

我居住的地方，近年多了許許多多的遊客，互為因果，附近也開設了一系列專做他們生意的酒樓、商店，本地人可並不受歡迎。遊客到來買名牌手錶、手袋、巧克力之類，大包小包，熙熙攘攘。有些人遊一個地方的辦法是：把它買下來。然後回家向人炫耀，最後堆在廚櫃裏。不過他們遲早會發覺，這些名牌產品，其實來自自己的故鄉。切斯特頓在十九世紀末二十世紀初論吉卜林的文章，提到阿拉伯、中國，難得沒有當年英國人獵奇、宰制的眼光：

乘汽車在地球上到處呼嘯，無疑令人振奮，感覺阿拉伯就像風沙一片，或者中國則是稻田一瞥。但阿拉伯不是風沙一片，中國也不是稻田一瞥，而是古老的文明，埋藏了寶藏似的奇異美德。要了解它們，就不能像遊客或者調查員，而必須要有孩童的誠心與詩人極大的耐性。征服這些地方就是失去這些地方。

　　詩人是否都有極大的耐性，我不知道。但看來只有性急的評論家才會花時間為空間的遠近而爭辯：是關注眼前現實的社會最有益？還是把理想寄託到想像的世界更有趣？這類爭辯，往往反映不同時空的價值觀，卻永遠都不會有定論。不過，有時某些東西在某個角度看得久了，令人生厭，就想看看其他，看看它的另一面。對於自由的旅人，尤其是年輕的旅人，最好是不要管這些，要到哪裏就到哪裏，別理甚麼潮流、名牌。你只需要跟自己協商、爭辯。創作時面對的問題與評論家的考慮，本質並不相同。你拿一本 *Lonely Planet* 或者 *DK Travel Guides* 上路，有點幫助，但到了實地，尤其是置身有趣的橫街窄巷，並不管用，甚至不可信。

二

　　「遊必有方」這個「方」字，在《論語》裏有時可以指方法、技巧。其中一則，〈雍也〉:「能近取譬，可謂仁之方。」這個「方」，是術，是方法。借過來，你要為你的旅程找到一種最好的、最適切的形式。適切到甚麼地步呢？這是唯一、最好的形式，不能替換，就像葉慈所說，「舞蹈與舞蹈者」，兩者合而為一，我們再不能分別（How can we know the dancer from the dance?），就說得上是「有方」。適合這個旅程，未必適合那個旅程，所以你要準備通行證；你要有從此到彼的策略。自由行並不等於可以亂去，自由不同放縱，你要知道方向、要有方法。

　　旅行時你還需要甚麼呢？旅費。這要靠你平日的儲蓄，可不能臨急借貸。你本來在使用的錢幣，當然是你最大的資產；過去使用過的，也別以為再沒有用處，有些仍然可以兌換。平日最好多儲些優質外幣，會升值的。信用卡也很重要。但記着，在旅途上，別招搖，別浪費。這社會劣幣充斥，把良幣都驅走了，你要為良幣平反。如果你覺得機會成本太高，那就沒有辦法了。你

　　　　　　　　　　那一隻生了厚繭的手

不如看看電視上旅遊吃喝的節目算了。寫詩，先要懂得運用語言。誰都會說話、會用文字。問題在，所謂寫作，就要求對文字有一種自覺。怎麼寫、寫甚麼，那是你的選擇，但你要建立對文字的敏感：聽得出它的聲音、會計算它的速度。而且，它有嗅覺，有顏色；把它放進口裏，原來相當「彈牙」，在舌頭上，「有口感」，有味道，「詩有詩味」。你了解它們，調配、磨合，文字不是孤立的，讓它們重新發現彼此。

你就坐在奔走的車廂裏，車廂？這是假設。你當然可以坐任何一種交通工具。你可以乘搭飛機，坐經濟客位，或者商務客位，我不喜歡商務這兩個字，或者頭等位。飛行也分等級，真是可怕的人類。其實飛行，只有大鵬式，只有蒼鷺式、小雲雀式。你不喜歡這種等級的劃分，好的，你可以坐船，坐公車，走路。隨你喜歡，這的確是你個人的旅行。有人渴望很快到埗，也有人，情願慢慢走，左顧右盼，而且隨機修改路線，你參加的雖是零團費，但沒有一個叫阿珍的導遊，要你到指定的商店配合配合。

問題並不在你選擇甚麼形式，而是那必須是最恰當、最有效的形式。可不是一段巴士站的路程，你卻召

來的士；或者再瘋一些，在沙漠裏等船。因為形式太重要了，跟內容根本不可分割，不能替換，所以不再是工具、手段。我們想想那些令人難忘的旅程，整個旅程就是一次審美的活動，那種聲音、節奏、氛圍，還有那種看物審事的態度。你不能把一首詩變成散文、論文，那會是另外一種東西，就是這個原因。換言之，去哪裏，和怎麼去，其實是一事的兩面。遊必有方，這個「方」，在這裏是兼具兩面的一事。

你看到風景、人物，你到頭來在車窗裏看到的，其實是你自己。大多數人看見鏡子，就會撥撥頭髮，整理一下衣服。你看到你自己，仔細地看，Is this lonely fellow really me？這好像是當年利物蒲四個披頭小子的曲詞，這是他們看到自己的問題。你可能想到其他，看到自己其他的東西。我又不是你，我怎麼知道？我只能事後看你的旅行表述。但你應該知道，誰會希望看到已經看過的東西，或者浮泛的「柳暗花明」的描述，裏面沒有獨特的看法，沒有一個有個性的你？眼睛從來不能單獨運作，還有你的腦袋。你懂得看自己嗎？怎麼看自己，其實也反映你怎麼看世界。這是一個好詩人和不好詩人的分別。所以，我有時覺得寫詩比讀詩有趣。就是

那一隻生了厚繭的手

因為這種獨特的、一個人的旅程，有趣的是那種充滿可能的過程。

三

恐怕很少人執起筆，或者打開電腦，就像背誦那樣，可以把一首字數相當的詩，完整地寫下來。甚麼叫字數相當？別打岔，你要是拒絕明白，有甚麼辦法？如果是這樣，真厲害，但我不羨慕你。那就像一段完成了的旅程，只欠一個旅行報告。你知道，有些人是不必真正旅行，就可以寫遊記的。三十年前，我在泰山看日出，清晨五時多，山上早坐滿人，一個年輕人，攤開筆記，寫「太陽出來了，紅霞滿天，充滿革命熱情」，我和朋友都笑破肚皮，因為那個「充滿革命熱情」的太陽其實一直沒有出來。

外國的柯立茲（Samuel Taylor Coleridge, 1772—1834）自稱有過這樣的經驗，他吃了一種止痛藥，——這種藥大家不要試，他在醒與睡之間朦朦朧朧寫成一首詩，他自稱有二、三百行，他其實是在意識與無意識之間浮沉、推敲，意識完全蘇醒後馬上把它寫出來，那是

名作《忽必烈汗》(*Kubla Khan*),但只寫了五十四行,就被訪客破壞了,之後再接續不下去,記不起來。這詩真是好詩,我在英國旅行時曾在圖書館聽過李察波頓的朗誦錄音。可惜並沒有完成,一段精彩的旅程,被一個不速之客打斷了。所以我們不要胡亂敲詩人的門,尤其是英國的詩人,你可能敲掉了幾分之幾的詩史。《忽必烈汗》寫的也是一個夢幻似的旅程,到一個「仙難度」(Xanadu) 的世外桃源。不過即使做夢也要有底本,這是胡適說的。之前,他一直在讀一本旅遊作家寫忽必烈的書。

中國也有腹稿的說法。旅行先在肚皮裏進行,像美猴王走進肚皮裏觀光。這猴子從來只會走進妖魔鬼怪的肚皮去,卻從來沒有試過走進自己的肚皮,看看自己的內心世界,然後寫一首「內遊記」?否則一定會成為靈長目解剖學的經典。西方科幻,有月球探險、火星探險,也有地心探險。但畢竟都是外遊,而不是內遊。中國古典小說早有四遊記,《西遊記》是其一,同樣獨欠「內遊」:觀看自己、反省自己。當然,如果這是一首申訴、抗議甚麼的作品,——詩不是可以怨嗎?作者自我顛覆,恐怕會肚痛不止。對不起,我們還是回到詩的

話題。

　據説少年的王勃寫《滕王閣》，以及那篇著名的序，也是一揮即就的。這小子參加豪門的宴會，主人尊貴的女婿早背熟了奉承的作品，在大家照例巡讓一番之後，就會恭敬不如從命，表演「急才」。誰知王勃當仁不讓，讓我來！一口氣把詩文寫出來，令大家鼓掌。你看過權威人士的鼓掌嗎？請留神看，不是拍手，而是打手，左手打右手，或者右手打左手。王勃聽到這些掌聲時只有十四歲，如果這是真實的話，這位神童，真是小時了了，但他的對手可沒有太多的機會反擊他大未必佳。因為他很早死，只活了二十七歲，一次坐船，船翻了，唐人的詩話説他不是溺死，而是嚇死。

　說人文思敏捷，叫倚馬可待。一首詩寫十年，或者寫十分鐘，和好壞並沒有必然關係。至於書寫（或者打字）的快慢，更與好壞毫不相干。但「新詩改罷自長吟」，能夠擱下一陣，改一下，肯定不會令人悔憾。中國詩傳統又有甚麼步原韻、唱和甚麼的，那是交際唱酬，詩的另一種功能。這是一種限定的旅程，並不自由的旅行，指定你每一個站要到哪裏留宿。但好的，很少很少。那是學養、功力的表現，遠多於創意。那種旅行

近乎公幹，一種商務旅行。最好的旅行，應該是一種創造，不斷發現，開的是小差。踵武前人而寫得較好的，我只想到蘇東坡。他被貶到海南島之後，憂讒畏譏，逐一唱和陶淵明詩，這是寄託，也是對恥與魍魎爭光的詩人致敬，但顯然不及他自己較年輕時自由發揮，想到甚麼寫甚麼，要在哪裏停止就停止。那是以己之短試別人之長。新詩人尤其不要寫這種詩。舊詩只要依足規矩，好歹是詩，即使是壞詩，也仍然是詩。自從胡適之流破壞了千多年的規矩，再沒有規矩，如果沒有真情實感，就只會變成分行的東西。許多年來，根據我粗略的計算，壞的舊詩一直比壞的新詩多，壞的舊詩人也比壞的新詩人多。新詩人不要連這個傳統也破壞了。有些新詩人總在追尋一種新的規矩，新的格式，這和躲進陳套的格律裏並不相同，那是嘗試，是挑戰。奧登曾說：「寫作須有形式，就像遊戲要有規則，否則就乏味了。」在自由裏尋找規則，跟在規則裏尋找自由，絕對是兩回事。

自由還有更深一層的意義。有一年我在廣州看報，看到一個作者為自己多年的作品編集而寫的序，題目叫〈為何寫作？因為熱愛自由〉，題目真好。他表示自己

那一隻生了厚繭的手

有一段時期為求發表，曾按當時報刊的規條（二十世紀七十年代），製作了成打的頌歌。他說那是自己的恥辱史，因為違背了良知，而甘願與邪惡合謀。他認為寫作必須出於一己真誠的表達。是的，趨炎附勢，只是奴隸的供辭。寫作的好處，是那種可以上天下地，自由自在的暢遊，自由自在的舒伸。一直生活自由，可以到處自由行的人，未必知道自由的可貴。可是歷史教訓我們，自由不是必然的，有些時期是連緘默的自由也不容許，你不得不成為邪惡的幫兇。所以，你同時要維護這種自由，最好的方法是，寫出好的作品。

## 四

我說寫詩比讀詩有趣，我是說「有時」。有時，讀詩也是挺有趣，同時是挺有益的事。不過，字數相當了，那是另一個話題。壞詩的問題，我還想補充幾句，壞詩其實對人類也是有貢獻的。沒有壞詩怎麼會有好詩？再套用切斯特頓的話（為甚麼又是切斯特頓？因為我終於放下他的 *Father Brown* 偵探小說，比較正經地看看他的書），好詩令我們認識一個人，但壞詩令我

們認識許多人，包括它的讀者、它發表的地方。他甚至說：「一個人從好文學中學到的，一如今天現實文化中的許多人，可能只是欣賞好文學的能力；從壞文學中他卻可能學會統治帝國，察看整個版圖的人類。」所以，如果我們的政府官員看的都是壞文學，切勿怪他們沒有品味。無論如何，這是從收受的角度講，對實踐的人來說，據說筆比劍鋒利，但用筆如劍的人，寫的往往是雜文、政論、宣言；詩的寫作呢，恐怕並不能建立甚麼帝國，尤其是實體的，他既熱愛自由，當然也會鍾愛自由的堂兄弟：平等和公義。在文學藝術的伊甸園裏，即使是撒旦，在繆思蒞臨的時候，沉吟斟酌，專注在美善的構建中，也會回復天使的純良。只有當他失神、不慎，才會淪為奧林波斯山上的神祇，有一切庸人的缺點，爭風吃醋，為了證明自己比他的潛對手優勝而弒父、殺嬰，挑撥人間的仇恨。試想想，如果希魔一直在畫畫，怎會發動第二次世界大戰？他充其量只會割掉自己的耳朵。

好了，你完成了一首詩，在美學上可能比不上何其芳、穆旦、瘂弦，但這是你一次自我的完成，誰也不能取代你。但意義不是絕對的，你的作品，對你自己和

你的好友來說，可能比名家之作更有價值。我常常想起楊絳（是楊絳嗎？）的比喻：小狗不會因為有大狗的緣故而不敢吠，吠吧，每一隻狗的吠聲其實都不相同。你不要跟大狗比較嘹亮、雄壯。要比較，到你長得夠大才算吧。

　　一場糟透的旅行，與其怨天尤人，何不反省一下你自己？如果你沒有因此放棄旅行，你至少可以累積經驗，逐漸找出怎麼一種旅行最適合自己、怎麼一種旅行最能表現你自己。旅行也是要學習的，我們可以在不斷的旅行中成長；雖然，誰又能保證，每次旅行總是成功的呢？一位詩人說：


如果我回來

不比以前更誠懇

把我捉去餵老虎

如果我回來

不比以前更寬容

把我捉去餵老虎

　　　　　　——西西：〈長者鬍子的門神〉

# 我 記 憶 中 的 旺 角

　　我記憶中的旺角是一副四塊半的盒子。語不驚人死
不休麼？不是的。當然旺角在記憶中還有奶路臣街的域
多利戲院，那是上世紀的五、六十年代我一個星期總要
看兩三次戲的地方，因為不用買票，只需在戲院門口請
大叔大嬸好心也帶我進去，大叔大嬸通常已另帶了一兩
個，入了場就鳥獸散坐。開場不久，前座的人一大堆總
趁黑摸到後座去。前後座是不同票價的；還有樓上，票
價最貴，但經驗告訴我，買這種票的老闆甚少願意帶挈
一兩個娛樂不多的可憐小孩入場。播映後不久，那時的
戲，總先放映四五分鐘卡通片，稱為「畫頭」，正本上
映前帶位的伙記就用電筒在後座掃射，一大群，老少都
有，像走難似的乖乖又回到前座去。但我向你保證，落
幕時燈光亮起我總會坐在後座最後的一行，而且坐在椅
背上，以免前面的阿哥阿姐擋了視線。看戲，是我小學

　　　　　　　　　那一隻生了厚繭的手

時代最豪氣的娛樂，當我告訴媽媽我看戲去，她只會奇怪：這戲你不是看過了麼？有時電影播放中途，屏幕下面會出現一行字：陳小牛你阿爸在門口找你陳小牛你阿爸⋯⋯。陳小牛明天就成為學校裏大家訕笑的對象。

偶爾我也會到油麻地的廣智戲院，但看得不多，離家較遠，主要是戲院不好，座椅破爛，歡迎你大駕捧場的是大群木蝨家族。戲也不好，專門放映二三輪粵片，片斷了，屏幕一片白茫茫，就有人起哄：「白雪公主雪地食雪糕」；一片漆黑，則說：「非洲土人黑夜打烏鴉」。而且，到了廟街榕樹頭，如果是晚上，有人玩雜技、講古，大傻不斷往頭上塗他推銷的髮乳，他會用鋸子拉奏。這些都比戲好看。還有另一家戲院，叫麗斯，座落在彌敦道與山東街交界，記得我在那裏看過《鐵金剛勇破間諜網》，我清楚記得那是因為第一次看到外國精彩緊湊的間諜片，事實上所有 007 系列之中也以這一齣最好看，男主角最神武，女主角也最漂亮。我記得火車上的打鬥，我第一次坐火車時就幻想找到另一個毛頭做對手。這已經是六十年代的事。我問過好幾個成年，既然是「金鋼」，為甚麼又說是「鐵」，中學老師告訴我，是「金剛」，不是金鋼，那是指 King Kong，那頭大鬧

紐約攀上帝國大廈叫 Kong 的猩猩王。不知甚麼時候域多利戲院消失了，輾轉成為今天的電腦中心。從中心出來，走過荳油街，在女人街之前，有一條陋巷，巷口一家雲吞（即餛飩麵）檔，實在稱不上店，不知哪一起領隊阿珍阿文曾經向團員一再強調，真會吃的港仔不會介意環境，甚至連好吃與否也不重要，吃的是地道，是港味。港味？這是我在人群裏聽到的，四、五十年前何嘗有過這樣的東西。到團員懂得拖着大小行李篋自由行時就成為必吃的秘地。幾年前麵檔開在巷口兩邊，大抵阻塞通道，遭投訴，如今只開左邊，桌子幾張而已，食客埋頭吃食幾乎就頭碰着頭。

還有瓊華大茶樓、龍鳳大茶樓，兩大茶樓隔了彌敦道對峙。我青少年時代常到的是龍鳳，瓊華則甚少，可能嫌它勢利，因瓊華樓上是夜總會。每到中秋，麗斯戲院一旁的龍鳳就掛出巨型漫畫花牌，足有三層樓高，畫中人物眾多，既有應景的奔月，又有時事的諷刺，路人都抬起頭，指指點點。如今想來，技法當然不能與老布魯哲爾（Pieter Bruegel the Elder）相比，但嘉年華式反映市井風情的意念，未嘗不差堪彷彿。畫舊港民居、舊店舖，或者用微型屋形式重做，近年人才輩出，不過

當年最擅長繪畫群戲的，似乎是《一千〇一個笑話》的作者許冠文。上世紀七十年代中，龍鳳還更有令人懷念的地方，因為那是粵曲平喉大家徐柳仙的飯堂，她午間往往獨坐一桌，一盅兩件。徐在三、四十年代已成名，與小明星、張月兒、張惠芳合稱平喉「四大天王」。這天王的美名，就歌藝而言，全都實至名歸。其中又以徐音域最寬廣宏亮，三王都柔婉有餘，獨徐能柔能剛，且字正腔圓，粵語九聲，發揮得淋漓盡致。大概一九七五年吧，她因車禍，左邊手足骨折，仍然扶杖到來。我自少在家中經常聽得她的《再折長亭柳》、《夢覺紅樓》，曾上茶樓拜訪她，聊過兩三次。徐先生人頗清癯，但爽朗、健談，自有一種藝術家的氣度。日寇侵港時曾一再逼她演唱，她抗拒了。八十年代，柳仙已乘黃鶴去，此地也不餘龍鳳樓。

還有麥花臣球場，那是我小學時代終日流連的地方，學校就在旁邊，上課反而像副業，遇上大黑何應芬偶爾蒞臨，會指點我們這些毛頭一二技巧；至於小黑姚卓然、郭滿華，加上那位姓霍的老闆到麥花臣比賽，更不得了，人山人海。當年並沒有看台，觀眾就克制地在邊界前重重圍觀，我也總有辦法從叔叔伯伯身後攢到邊

界前。許多年後我一位學生成為了香港足球代表隊的教練，我算沾了一點光，這方面當然不是我教的。香港地少人稠，沒有廣場，意大利式的，只有些公園，有些小型足球場。成年後我有十多年居住洗衣街，晚飯後散步總會不自覺走到球場，樓下向左是花墟，向右是麥花臣。在熟悉的城市，散步可以是一種意識流。一次，晚上無意中到了花墟看球賽，發覺自己對觀眾出席率構成重大影響，當時下雨，愉園對東昇，球員遠多於觀眾，我看了半場就溜了。球場之外，當然不會忘記原本位於滙豐旺角中心旁邊的旋轉餐廳，那已經轉到了七、八十年代了，我喜歡和幾個寫詩的朋友如康夫、阿藍、馬若等在這裏午聚，一瓶雜果酒之類就坐一個下午，令部長頭痛，餐廳每轉一圈就走來問我們還要甚麼。從餐廳上俯看，不見甚麼美景，而是處處破舊的天台，還有大煞風景的印度神油之類廣告。但棺材，我開初這樣說過，有人就死死地記住，如果再不交待，上面那許許多多，無論多麼有趣，都當是插科打諢。

好吧，我最深刻的記憶，也是最早的，我甚少告訴過其他人，是旺角的棺材。我當年住在西洋菜街南，大抵是如今百老匯戲院再過一些，一家相機電器連鎖店

的位置，再過就是登打士街，過去十數年，整個旺角之旺就在這街角，兼且神理氣味，只需鼻子一嗅，因為這裏曾是臭豆腐的集散地，腐臭瀰漫，食客卻逐臭而來，從幾毫錢賣到十二、三元一塊，加上其他各式小食，你受不了，只怪你不會吃，有遊客就嫌臭得不夠。近年的確越來越不臭，反過來令人懷疑我們是否連嗅覺的功能也喪失了。記認一個地方，豈只能依賴眼睛，而忽略嘴巴、沒有鼻子？臭豆腐、裹蒸糭、和味龍、鴛鴦、絲襪奶茶，馴化並且打通了我們各種的感官；當感官系統逐一蔽塞，就是遺忘。最後不知是這個地方失去我們還是我們失去這個地方，彼此不相干。過了馬路是星巴克，北上是廣華醫院側門。地靈人傑，我在那裏誕生。五十年代，靠近登打士街，是若干棺木店。各位看戲的青少年，看的是甚麼新世代 vampires，無疑沒有更到位的地方。小時候的玩伴，是所謂街童，都來自這一帶，我們全都認識，一窩蜂玩甚麼呢？打彈子，拍公仔紙，鬥金獅貓（豹虎，蜘蛛科，吃蒼蠅，擅鬥）。那時玩的，大都是觸摸得到，可以放進衣袋褲袋的東西，要和其他小朋友面對面一起玩。還有捉迷藏。捉迷藏我們叫伏匿匿，總在我家樓下。一個猜輸了的毛頭自己雙手蒙眼，

背向，不可偷看，數二十下，其他人馬上四散躲藏。一二三四……你不可能跑出旺角。只需捉到一個就算贏了，輪到被捉的受罰蒙眼，遊戲重新開始。

　　這遊戲中外大小的孩子都會玩，何需我的講解？其實在講解過程時，我等於再玩一次。男女毛頭裏其中有一個，就叫文仔，——我其實已記不起名字，從來沒有人可以捉到他。一次我慌忙中跟他一起着草（高飛遠走逃避警方追捕的意思），原來他避進棺木店去，他是店舖的少束。店員幫文仔揭開其中較輕巧的一副，躲了進去，我一時情急當然捨命追隨，還幫手把盒蓋拉上，只留一線，我們擠在盒子裏半臥半坐，四周黑黑，只聽到彼此越是屏息越是呼嚕呼嚕的大氣。過去一定有過毛頭探頭到店裏，但坐在櫃台的店員不笑的時候像劉克宣，粗眉大眼，掛了鬚髯就是鍾馗，從沒有人會想到也不敢要求打開棺木。然後，突然有人敲打棺木，我大吃一驚，原來有人被捕，警報解除了。只見劉克宣開顏迎接，還豎起大拇指，得意的說：好的木材冬暖夏涼；這話我豈能忘記。但後來想，這還有甚麼關係呢。稍後，我家一度遷到新界去，夢裏偶爾還出現躲進盒子裏的情景。不過可不要誤會，以為這是長期糾纏我的噩夢，

不，我絲毫不感覺害怕。童年無忌，成年後更無禁忌。再遷回旺角時，那店員認真端詳怎麼也不像劉克宣，可見童年的印象並不可靠；而文仔着草到了更遠的外國。

　　我不知道棺木店為甚麼會開在西洋菜街南。但後來我知道，登打士街斜對面廣華醫院的側門，入口不遠有一所神秘的房間，沒有標示説明，這是閒人免進的停屍房。有一天我走進這房間，是因為父親急病在這醫院過世。只見門內一邊一張小桌，一位穿了厚大衣的職員，替我核對文件。再隨他走進冰冷的內房，在右邊一列鐵櫃拉出其中一個，兩個員工捧出包裹黑布的屍體，放在地上，打開，職員説：看清楚。這是我第一次看到完全沒穿衣服的老爸，縮小了一截，變成了嬰孩，我倆從沒有這樣接近過。我小時候調皮反叛，成績差劣，不斷從這一所小學轉到另一所小學，附近的小學幾乎讀遍了，老爸自己是小學校長，校長全是相識，老爸在同行面前一定尷尬難堪，這小子把他的臉丟盡。所以後來索性遷居大埔去了，那時大埔的沙螺洞也真是窮鄉僻壤。而他總是一臉慈和，嚴母的苦差派給了我的母親。我多麼希望能對他説一聲對不起呢，但他大概會笑盈盈地回答：你只需對得起你自己。旺角一直在變，生命也在流轉，

一轉我已經走近老爸離去的年齡，他的在這裏終結，我的，從這裏開始。

那一隻生了厚繭的手

# 從五四的「我」說起

一

　　小說裏的「我」，並不等同作者的真我，那是敍述者，這是常識。但五四名家的日記、書信，往往也近乎敍述者，不是單純地為自己而寫或者寫給某個特定的個體，那時候他們既無影印更無電腦貯存之便，卻仔細抒述，大多仍用毛筆，並不以反覆抄寫為苦，顯見在執筆的時候，就有了公開發表的念頭，心存其他讀者。結果是日記裏把自我對象化，書信裏則把收信的個體戶群化，成為眾數，至少就像某一個類型。我，可能是在舞台上的「我」；你，卻肯定是「你們」。始於具象，終究成為抽象。

　　以傅雷的家書為例，他是嚴父，看來也自覺地在演一個嚴父的角色。演自己和本來的自己，是有分別的；

傅聰自是親子，可是其他讀者也都成為兒子，至少是義子了。他的信，是在對兒子、所有的兒子，耳提面命，諄諄教誨。傅雷的成就，我們必須尊重，但傅雷這個父親的角色，我幸為讀者，不，兒子之一，獲益之餘，可有時又不免掩卷感嘆，覺得這個父親呵護有加，無微不至，卻嫌給予兒子的餘裕欠足。太着意，往往成為壓力。

中國長期受父權思維的主宰，到自己成為家長，投入那個程式化的形象，一面是自己見賢思齊（歷代那些賢父的典範），另一面又望子成龍（不成龍，也絕不好成蟲），於是對子女是否不容有失，凡事管死？

這是時代的差異使然嗎？倘如是則後來的新生代，這種感覺只會更強烈。


二


胡適的日記，還需待有修養又細心的讀者，才發掘出其中隱蔽曲婉的感情；因為生活內容豐富，藏之又不可謂不深。至清的水未必無魚。魯迅和周作人兄弟兩大文豪翻臉，是新文學一大懸案，但你休想從他們

的日記、書信裏可以找到答案。於是至今仍有各種這方面的「研究」。至於魯迅的《兩地書》，除非你是他的 diehard 粉絲，不然這實在是魯迅一生最乏味的一本書，兩個空間相隔之人的對寫，沒寫的比寫的多許多。

但不等於説，寫的比沒寫的多就一定有趣，徐志摩就是了，他的《愛眉小札》雖身後才出版，卻是寫給愛眉以及其他與愛眉同義的人看的，愛眉到頭來何止愛眉，她變成了一切愛的化身。愛眉是玫瑰那樣的名字。可如今讀來，如果《兩地書》乏味，愛眉喲愛眉卻肉麻有餘。詩人説：

> 世上並不是沒有愛，但大多是不純粹的，有漏洞的，那就不值錢、平常、淺薄。我們是有志氣的，決不能放鬆一屑屑，我們得來一個直純的榜樣。（一九二五年八月十日）

這是説，讓我們愛給他們看，讓我們的愛成為榜樣。情人沉醉在二人的世界裏，還關心愛的抽象問題，這還純粹嗎？可嘆的是，不足七年，志摩最後從北京寫給陸小曼的家信，總是為錢銀焦急得失眠，窮得錙銖細

算，一再渴望獲得免費機票回家，真叫人難過。這是我們認識的浪漫詩人嗎？其他的志摩並不假，但這肯定是不想人知的一個。

郁達夫呢，這方面豈能不提這位自詡「曾因酒醉鞭名馬，生怕情多累美人」的才子，他早期發表的日記，何異於他的小說《沉淪》？或者倒過來，《沉淪》何異於他發表的日記？他把自己公開，那一個自己，化成文字表述，其實已不屬於自己，所以書寫的這個「我」勇於認錯，那個實踐生活的「我」，卻怯於改過。在書寫的過程裏，前者對後者毋寧有一種揭秘的樂趣。想深一層，這可能也是時代落差的問題：對「罪」有了不同的理解，某些行為規範的罪惡感失去了，徒掛罪的惡名，成為文學的修辭，可並沒有罪的實感，代之而興的，反而是盧騷那種坦白的美德。在任何時代，坦白都可以從寬，五四時代，則甚至可以無罪釋放。

郁達夫與王映霞離離合合，終於因為他發表了《毀家詩紀》，自揭家醜，指出王映霞紅杏出牆，到了這地步，婚姻已無可挽回。他是否愛護讀者多於妻子？

那一隻生了厚繭的手

三

　　五四流行一時的懺悔文學，不免受盧騷的影響。盧
騷之受歡迎，據王爾德説是因為他告解的對象不再是神
父，而是廣大的讀者，令讀者有一種聆聽罪過的快感。
讀者都成為神父了。言者諄諄，可別誤會他有改過的意
思；聽者也不會天真地認為他會改，要求他改。這好比
看歹戲，他演得太好了，正因為太好，看戲的人都期望
他歹下去。開初，他塑造角色，後來，角色塑造了他。
結果再無突破。我看他的《懺悔錄》，只覺名實不符，
自辯自戀的多。他説：

　　　　我好食而不貪，好色而不淫；由於別的欲念太
　　多，這兩種欲望就被沖淡了。非心閒時，我從來不
　　思口福，而我平生又難得心閒，所以就很少有思考
　　美味的時間。正因為這樣，我才沒有把我的偷竊伎
　　倆局限在食物上，不久，我便把它擴展到我所希求
　　的一切東西上面去了。後來我所以沒有變成職業小
　　偷，只是因為我一向不愛錢的緣故……我再重複一
　　遍，我渴望的那點兒東西實在有限，根本談不上甚

麼懸崖勒馬的問題，我一點也不覺得有甚麼不好的
念頭要打消。

整本書的寫法也是這種反覆文過，欲揚先抑的調
調；他看不起同行狄德羅、伏爾泰等人，也沒有悔罪者
的謙卑，至少犯了七宗罪之一的「傲慢」。是的，盧騷
無疑是把坦白奉為最高的價值，遠超於羞恥道德。不過
他的坦白，其實也很可疑。而且，所謂坦白的自剖，也
有時間的局限，必須趕快在名氣的光環還沒有完全黯
淡之前，一如告解，要吸引聽眾，則必須趕快在聆聽
告解尚未完全公開的時代。到人人會讀聖經，可以直接
懺悔，就不必假手中介。我們知道，新教根本不承認神
父可以赦罪，只有上帝才可以。馬丁·路德認為浸洗和
聖餐才是聖事，懺悔就不是。盧騷又說：「一般來說，
新教徒比天主教徒學問高，而且是必然如此，前者
的教義要求論証，後者的教義則要求服從。天主教
徒必須接受別人的判斷，新教徒則必須自己判斷。」
教徒學問的高下，不能一般而論，但十六世紀新教之
興，的確為人的自我主宰開了路；盧騷的表白，即是人
從神權掙脫，「自己判斷」的一種結果。但，這已成歷

史記錄了。

　　同樣道理，郁達夫的趣味在於這個「我」長期受到舊習俗壓抑之後初嘗解放，但這種趣味同時會因為舊習俗的徹底瓦解，再不能產生壓抑的張力而扯淡了。

　　誰還會看郁達夫呢？不要忘記五四當年曾暢銷一時的《少年維特的煩惱》，這書也是通過「我」來書寫的。維特並沒有懺悔的意思，哥德原初也沒有當懺悔來寫，但由於出版後在歐洲大獲成功，歐洲的年輕人競相複製維特的裝扮，然後自殺。哥德在再版時不得不加上引言，借維持之口，請多情的少男懷春的少女「別模仿我」。哥德後來也提及自己所有的小說，都是「巨大懺悔的片段」。他在自傳《詩與真》中說：「一個人完全懺悔之後，會重新感到快樂和自由，並且有權利獲得新生；……我成功地把現實變成了詩，卸除了心頭重擔。」

　　維特的問題是雙失，失戀之外，自忖工作再無前途。郭沫若把書翻出來，把「痛苦」（德語為 leiden，英文則為 sorrows）淡化成「煩惱」，煩惱罷了，這種誤讀，是否無意中點破了五四式的懺悔？後出的許多譯本，奇怪一錯鑄成，就煩惱到底。

## 四

真正懺悔的時代其實是明清之交。懺悔的思維並非西方基督教所獨有，更不是最早有。東漢本土的道教，即有奉齋懺悔的儀式。湯用彤云：

> 悔過自責，得除罪增壽，固早為道教《太平經》之要義。漢末黃巾亦教人自首過失，人之功過常有天神下降按巡記錄，為中國道教之一中心理論。（《漢魏兩晉南北朝佛教史》）

佛教來華以後，則懺罪悔過之說與道教結合。梁朝慧皎《高僧傳》記載了不少和尚修懺、制懺的做法。天台大師智顗《釋禪波羅蜜》云：

> 懺名知罪為惡，悔則恐受其報……舉要言之，若能知法虛妄，永息惡業，修行善道，是名懺悔。

然則懺與悔，原意略有不同。「懺」乃梵文 ksama 的音譯，舊譯「懺摩」，意思是請求他人寬恕自己所犯

的罪過。「悔」則漢語古已有之。孔子說:「暴虎馮河,死而無悔者,吾不與也。」《論語‧述而》又說:「多見闕殆,慎行其餘,則寡悔。」《論語‧為政》。錯了,一個求恕於他者,一個則自責,反求諸己;外來和本土結合,乃有懺悔一詞。南朝不少帝王,以至聲律大家沈約都寫過懺文。要之,是先有可懺可悔的罪過,然後有懺悔之思。這與基督教的原罪不涉,不是由於始祖吃了被禁的智慧果。懺悔畢竟是好東西,應當仁不讓。不過贖罪的做法則中西互通,大抵承認罪過,再捐獻、行善。讀書文人另有辦法,通過他們擅長的文字。文人,彷彿總有一些不想人知的文字、一兩本不想承認的書。

明末清初何以獨多懺悔之作?外族入主可不是第一次。因為此前元人只會高壓,清人已懂得兼施柔懷。譬如四公子之一的侯方域,所築的屋子稱為壯悔堂,作品名為《壯悔堂文集》,〈四憶堂記〉云:「憶之、憶之,所以悔也。」人生可悔之事甚多,他主要悔的甚麼呢?終於侍清。他曾跟吳梅村約定決不仕清;當這個嘲吳三桂「衝冠一怒為紅顏」的大詩人要為清政府打工,他還去信苦勸。誰知自己也終於投考科舉,且試為清廷獻

策。其後人重編《壯悔堂文集》，把這類可悔的文字刪去，雖說為親者為尊者諱，其實是不敢坦然面對，則親者尊者豈能安息？而壯悔何來？何況越是逃避，越逗引興趣。侯不是自言：「夫知過而能內自訟，君子許之？」吳梅村為出仕經營了一番，撈了個國子監祭酒，悔恨不已，作詩云：「忍死偷生廿載餘，如今罪孽怎消除？」人窩囊起來，詩也變得拙直。

其實連為清流所恥的阮大鋮，其內心深處何嘗沒有如芒刺在背的愧咎感？這所以老想依託侯方域去疏通，結果備受奚落。跟魏禧三兄弟相得，並稱江西「易堂九子」之一的丘維屏，並沒有失節，仍自稱居所為「愧居」；另一位「易堂九子」彭士望，是九子中唯一不是江西人，文章也寫得不錯，作品卻叫《恥躬堂文鈔》。黃陶庵，曾發兵抗清，失敗後和弟弟躲入佛寺自縊，死前寫：「嗚呼，進不能宣力王室，退不能潔身自隱。讀書鮮獲，學道無成，耿耿不滅，此心而已。」説讀書學道都沒有收穫，未免太謙，當一個沒有甚麼可悔之過的人也自承愧咎，其作用是豐富了這時代愧咎的文風。而進退維谷，正是這時代文人的寫照。

# 五

　　侯公子自稱：憶之、憶之，所以悔也。我們如聞其聲，當然想到同一時期的張岱。但侯方域之流的悔，與張岱的悔，其內涵實大有分別。《陶庵夢憶》的序說：「持向佛前，一一懺悔。」許多人果爾也當這是懺悔的書來讀，連帶想到晚明人的醉生夢死，到頭來因悔生悟。完全不是這回事。細讀張岱那些風花雪月的描寫，那些多麼好玩的玩藝兒，何嘗真有懺悔的意思？連帶個別迷信的記述，如〈逍遙樓〉一文記乩仙，也絲毫沒有否定之意。《陶庵夢憶》的序文寫得真好，提升了全書的境界，讓人有了深一層的讀法；但那是後設的，作者沒有騙人，只是所謂懺悔，不能當一本通書。

　　那些追憶，不啻是對前朝的一種緬懷，對某種文化失落的哀悼，他自小在其中廝磨翻滾，疵之，癖之，情深一往，中年後卻目睹其終於失去而產生的無奈與沉痛。沒有那種深愛，就寫不出這種入世的妙文；如果這種深愛沒有失去，更寫不出這種出世的悲涼。今昔比較，「果報」云云，只有粵人所稱「折墮」（「造孽」）差堪彷彿。有說他是散文界裏的曹雪芹，到頭來徹悟

「色即是空，空即是色」。但這道理，仍得經過玩世的歷程。人世好玩，也懂得玩，讓他再活一次，他大抵還是情願再玩一次；種這般的因，然後吃那樣的果。再細味這果，是一種回甘。

憶之，是所以惜之。所以五四人讀張岱，應該別有會心。對了，五四新文學的時代姻親，不是先秦，不是唐宋，是喘息於兩個偉大的異族夾縫之間的明，而且是晚明。

## 六

張岱自稱「好精舍，好美婢，好孌童，好鮮衣，好美食，好駿馬，好華燈，好煙火，好梨園，好鼓吹，好古董，好花鳥；兼以茶淫橘虐，書囊詩魔。」這是所謂「紈綺子弟」，他要是生於此時此地，可以想像，一定夜夜派對，奢極而「豬油撈飯」，唱K，和女影星一起拉頭馬，抽雪茄，吃大麻，以及其他。但他樣樣玩藝，都玩出各種學問來，是謂「能玩」。他寫茶，可以媲美陸羽；寫說書，可以再現柳敬亭；寫看雪，寫看月，寫風月場所，──他漏了其實也「好遊歷」，都

那一隻生了厚繭的手

觀察入微，洞悉世故人情，能入而能出，轉化成絕妙的文字。今之富家子弟，能嗎？

富而不貴，暴發戶而已。發財，三數代也不過是一朝，仍然是「暴」。「富」易得，可以按市值計算，並且不斷調整。但「貴」，是尊貴，有受人敬重之意；這就不能量化。甘地、德蘭修女都是不富而貴。這所以，孔子自言：「富而可求，雖執鞭之士，吾亦為之。」可見夫子也不反對發財，但執鞭畢竟不大可能發財。最妙的是他忽然會來一個拜倫雪萊式的比喻：「不義而富且貴，於我如浮雲。」不義而取得的財富，他不希罕，這容易理解；但尊貴的地位，原來也可以不正當的手段贏取，很簡單，有了見不得光的錢，再沽名釣譽。

世間富而不貴者多，富而且貴者少，貧而能貴者更少；窮得有尊嚴，在物質豐裕的社會，人趨勢利，顯得加倍地難。張岱入清後，四十年來沒有像錢謙益者流，賣友求名，賣國求利，朝不保晚，仍然淡泊如甘，這才貧而能貴。其實能貧，然後才說得上能富。

至於張岱自稱「好孌童」，別大驚小怪，五百年前的明人就不會大驚小怪。你看明代兩本奇書《水滸傳》、《金瓶梅》，以及後來的《紅樓夢》，都有描寫，

而且舉重若輕；這時代，怪，反而是常態。明初皇帝朱元璋、朱棣兩父子嚴刑苛法，都好殺，而且殺得很殘暴，比秦始皇有過之而無不及，例如對要犯動輒施行「凌遲」，「凌遲」這種殘虐至極的酷刑，大抵始自五代，目的是要令惡罪者死時備受煎熬苦痛，以為非如此不足以抵罪，也以此警誡生者，千萬不要作奸犯科。不過宋朝還只割它八刀，以至一百二十刀，到了明代，越割越多，動輒三千刀以上。但明代社會，靖平安定了麼？不見得。宮闈之內殺人從不手軟，則江湖之外不單殺人，也就吃人了。受「凌遲」之罪的劉瑾和袁崇煥，在刑場上都是被圍觀的百姓爭奪，好的壞的，一併活生生吃掉。可以想像，其中一位，買得袁氏片肉，其實從老遠的山西臨汾趕來北京西市，三個月的聚糧已花得清光，但他快意極了，手上血淋淋的一片生肉，一定要找個酒家好好品嚐，然後他的愛國之心才覺得踏實，然後，他才覺得自己終於為民族國家做了些甚麼，這才無負於讀過幾年書，一直關心國事。

那一隻生了厚繭的手

# 七

　　據說治亂世要用重典，是否有效，見仁見智；但治治世而用重典，則肯定有後遺症。開初或能震懾於一時，但久而久之，就習以為常；再久一些，麻木了。我們總以為能馬上治病的一定是好醫生，但如果用藥太猛，會有副作用。在戰亂裏長大的孩子，不見得害怕戰爭；他們反而如常在戰場上嬉玩，也不見得會珍視生命，包括別人和自己的。某些地方，通街軍警，把機槍當飾物，但治安會好麼？不見得，相反這其實是惡劣之象。催淚彈可以驅散民眾麼？可以的，可馬上聚集得更多。鎮日把道德掛在口頭、把訓話寫在這裏那裏的牆頭，正是沒有道德的表徵。因為道德沒有內化成為人的自覺，而是外加，更甚者必須強加。

　　明朝實在是一個扭曲的時代，中葉以後，尤其扭曲至極，人性裏的天使與魔鬼，創造和破壞，通通出來，而且狂烈、極端。所以既有劉瑾，也有袁崇煥；有閹黨，有東林。而記述袁崇煥在刑場被群眾生啃的，就出自張岱的《石匱書》，寫來好像實錄，但那種冷靜也夠恐怖的，儘管他對清人的反間計並不知情，認定袁崇煥通敵

「鑿鑿有據」，在傳贊裏痛罵一番，以為袁連秦檜也不如。他放出了文字的魔鬼。把敵人凌遲，再爭吃，是不當敵人是人，其實也不當自己是人。這方面我想起杜斯妥也夫斯基的《罪與罰》，那位大學生處心積累把房東砍殺了，認為她刻薄、放貴利，死有餘辜。把她和她的妹妹殺了，簡直是為民除害。然而，他內心深處卻不斷受到道德良知的譴責。最後受女主人公以及宗教的感召，悔罪自首。其實不必神靈的提撕，化繁為簡，這是一個看似老掉大牙的人道問題。《石匱書》寫於缺食少衣，家國淪亡的日子，民族之氣凜然，自應肯定。可民族之氣是雙面刃，張岱終究擅於感性的描述，卻非善於自省的思想家。他不幸生在一個不以「好孌童」為恥的時代。明人筆記云：明軍中不帶女眷，但好以青靚白淨的小兵陪酒侍寢。簡直就是斷袖之師。狂飆一吹，豈能不亡？

明人有這麼一則笑話：「一和尚犯罪，一人解之，夜宿旅店，和尚酤酒勸其人爛醉，乃削其髮而逃。其人酒醒，繞屋尋和尚不得，摩其頭則無髮矣。乃大叫曰：『和尚倒在，我卻何處去了？』」（趙南星：《笑贊》）摩摩禿頭，罪證仍在，可那個我呢，何曾真的醒來？

# 快遞專員：天使

　　天使是神話時代的特快專遞，不論路程遠近，借時下廣告的術語：使命必達。天使的希臘原文 angelos，即為信差之意。天國的天使聖詠團，成員為數以千萬計，有九組，分三等，各有專司。按照十五世紀希臘學者 Dionysius《天朝等級》的分法，則信差之職，在仙階裏其實最低；但儘管如此，我們卻對他們最感興趣，因為他們參與人間事務，是我們和神的中介。舊約《詩篇》説人類是「比天使稍小」（a little smaller than angels），那麼，天使就是「比人類稍大」（a little bigger than men），這些人和神的中介，可以説是介乎人神、半人半神之物；比神差遠，卻比人有餘。在人類社會，特快專遞之設，是由於世界各地交往日趨頻繁，世界縮小了。名為特快，當以速度為貴，至少要有神行太保戴宗那樣的本領。可戴宗仍然是行，而不是飛。要

快，要飛快，捨天使其誰？何況要傳遞的消息來自至高無上的上帝？

但傳遞消息，上帝也不見得一定就用他們，天使也有投閒置散的時候。例如上帝對阿伯拉罕，既親授天機，指示他會年老得子；考驗他的誠信要他手刃親兒作祭品的重要關頭，又由天使傳言解救。再如摩西從西奈山帶回來的十誡，以及連串的誡律，《出埃及記》說是上帝直接口授，耳提而面命；他帶領一大群以色列人出埃及，良莠不齊，他一個人跑到山上接受訓誨，一去四十天，令山下的群眾還以為他遭遇不測。不過保羅在《加拉太書》斥責墨守誡律的猶太人，卻說誡律「**藉天使以至中保（指摩西）之手設立**」，他的意思是憑信稱義，直接向神交心就行了，不必經由二手，甚至三手的轉介——不要以為履行某些誡條就可以得救，救贖應該來自對神的信仰。

除非事不得已，我們自己也不見得動輒就乞靈於快遞專員。要通訊，我們過去可以寫信，可以打電話，如今呢，大家都愛上了伊妹兒，可以 WhatsApp。我們借助其他媒介，不斷改進媒介，往往是由於空間之隔。速度有價，越快，相對地，越珍貴。上帝則不然。祂何

時親授，何時假手，我們搞不清楚，至少我搞不清楚，天意玄妙，天使恐怕也未必搞得清楚。這可見難唸的經每家都有，雖貴為天使，比人類稍大，也有中介難為之嘆。上述摩西誡律，無論是一手還是二手的説法，都令專此業的天使尷尬。「為甚麼上帝要使用天使做這些工作呢？難道祂不能在耶路撒冷找一位祭司或先知，或者在拿撒勒找一位傳道者去做麼？」五百年前，馬丁·路德在《聖誕書》裏這樣發問，然後安慰這麼一位專業：「天使雖貴為天上的王子，可並不以當使者為恥。」

天使敬業樂業。他希望凡人也是這樣；路德繼續寫，而且用了詩一樣的修辭：

天使加百列來到的時候，瑪利亞很可能正在料理家務。天使寧願在人們盡忠職守的時候來臨。比方說，牧羊人在看守羊群時，天使來了；基甸在打麥子時，天使來了；參孫的母親坐在田裏時，天使來了。然而童女瑪利亞，她極虔誠，她可能正為以色列的救贖，在角落裏禱告。天使也喜歡在人們禱告的時候顯現。

從另一角度看，這位天之使者，並不受時間空間的限制；要來，馬上就來了。照號稱「天使博士」的托馬斯‧阿奎那的解釋，天使純是精神之物，摒除了土、水、火、空氣等四行實物。他化身為人，是為方便人類，他其實也不說話，說話，只是發出人類能懂的聲音罷了。但過橋可以抽扳，得魚可以忘筌。我曾參觀路德早年化名避難瓦特堡的修道院，在他譯經的陋室流連，對這個人堅毅的意志，敬佩不已；但他畢竟是人，不是神，當人的自信過了頭，就很可怕。幾乎在避難的同一時間，他已經在信中說：「**我不允許任何人判斷我的教理，就是天使也不行。**」（見伊利亞德：《宗教思想史》，1522 年）其實，他翻譯聖經新約，也不能完全取消中介，不過由自己替代，讓人較容易跟上帝通訊。晚年的路德，變得越益固執專斷，越不寬容，「**他使自己成為大寫的人，所有人都必須以他為模範**」。

中介出了狀況，問題決不是單方面的。出諸好惡利害、修養、稟賦，這樣那樣的歧異，我們收受訊息時會有不同的解讀；不必借助近世「接受理論」的解釋，東西方各大宗教內部眾多的分歧、論爭就是證明。論爭不止，就會有人認定問題出在天使，開始質疑天使的素

質。徐志摩有首不大受人注意的小詩〈又一次試驗〉，收結甚至說：「哪個安琪身上不帶蛆！」

創世之初，天使已有好壞之別：能力有高下，心態上有的竭盡職守，可有的不守本位，傲慢，受不了誘惑，墮落了。《死海古卷》的教派，把高級天使分為光明天使、黑暗天使、毀滅天使和神聖天使。米爾頓的《失樂園》起首就寫好天使和壞天使的交戰，結果以撒旦為首的一幫壞天使敗陣，被上帝貶下地獄。好壞天使廝殺的場面，我喜歡的老布魯哲爾（Pieter Brueghel the Elder）曾經描畫過：《叛逆天使的墮落》，中間的天使長身穿甲冑，一手拿盾，一手揮動長劍，帶領其他天使出擊，圖右一位白袍天使尤其矚目，同樣舞動長劍。而壞天使呢，手執武器，可是像蛙，像魚，像基因變異的人獸，在下方潰不成軍。好天使都身長手長，威武有餘，形象可說不上美好；壞天使更令人想到另一位荷蘭畫家布希（Bosch）筆下的怪物。也許多年來受恐怖電影、醜怪卡通的熏陶，見怪已不怪，並沒有給我恐怖之感，連但丁《神曲·地獄篇》裏的撒旦，頂上有三個頭，每個頭都有一雙翼，沒有羽毛，像蝙蝠，也覺得不外如是。

造反失敗，撒旦之為撒旦，當然不知悔改，米爾頓寫他糾集舊黨，決議報復：由他化身為蛇，潛入伊甸園，誘惑比他稍小的人類始祖阿當和夏娃。詩人把撒旦描寫成滔滔雄辯，頗有悲劇英雄的意味。「寧為地獄之主，不作天堂之僕」（Better to reign in Hell than serve in Heaven），這是魔鬼天使的邏輯思維。中世紀時羅馬天主教會對魔鬼的態度是：「魔鬼與其他妖魔是上帝的創造，本來是好，自行選擇變壞。」（1215年第四次拉特蘭會議，Fourth Lateran Council）但撒旦的詭計、伎倆，全知的上帝豈會不知？就當是對人類的考驗吧。然則是否可以說，魔鬼天使實乃上帝的反面教材，好天使與壞天使，是整個偉大設計裏的工具，都不過是分工之下各盡所職，好讓故事得以敷演？二者既敵對，而又互補，就像荷蘭 Escher 的版畫，玩弄重複轉化，左邊是白天使，右邊是黑天使，一陽一陰，呈現天使的兩面。

再退一步想，專遞送來的，怎會都是好消息？噩耗、凶信之類難道是遞使的錯麼？這時候，各級天使能做甚麼呢？他們會被責令自我增值麼？要上兩三個飛行的複修課程，要受品格審查，要重考天語、理解微言大

　　　　　　那一隻生了厚繭的手

義的基準試麼？或者，由幾位天使長發起一個天使專業工會？猓子狸據說會帶來非典型肺炎，人類的做法是：通通殺掉；雞鴨會帶來禽流感，牛會帶來瘋牛症，帶菌者固然一個不留，方圓三公里內的雞鴨牛也宰了。問題在，把 carriers 殺光，而不正本清源，改變生活方式，整頓環境衛生、保護生態，問題如何解決得了？

我想起拉斐爾筆下《西斯廷聖母》（1514 年）的兩位伶俐、胖嘟嘟的小天使，一個頭髮蓬鬆，支着嘴臉，眼睛上瞄，看上天的聖母聖嬰——這可能是西方畫史上最漂亮的聖母了；另一個則雙手交叉，靠出畫框邊緣，眼眸同樣向上。兩小都閒倦無聊，雖身插小翼，卻近人多於近神。很奇怪，這反而成為芸芸天使裏最突出的形象。這其實也是一幅很奇妙的畫，上界金字塔形的構圖，兩邊幔幕正徐徐拉開，彷彿戲要上演了，嚴正端莊；下界呢，兩個小信差卻是一副看戲的神情，或者小衙差那樣，「痴兒了卻公家事」。他們既在畫內，又在畫外，穿透二界。藝術就有這樣的魔法：令人變神，近神又轉而靠攏人；人神彼此轉化。這畫既打破了人間天上的二元對立，一反中世紀階層嚴格劃分的宇宙觀，那種割裂的宇宙觀產生的藝術是鑲嵌畫；又顛覆了過去嚴

肅與遊戲截然區分的生活態度，這種態度，到了十六世紀初伊拉斯謨的《愚人頌》，才揭穿其虛妄。這畫另一創意是雲塊似的背景，仔細看，原來是一個個小天使的頭顱。拉斐爾繪畫的小天使，形象太可愛了，不是打敗叛徒的戰士，更不是驅押人類父母阿當夏娃出樂園的官吏，大抵連上帝看了，也會滿心歡喜。

　　阿伯拉罕之後許多年，到了新約，天使獲派第一樁至關重要的任務：向尚未完婚的瑪利亞傳遞消息，告訴她受聖靈所感，會處子生下耶穌，即是所謂「聖告」（又譯「受胎告知」、「天使報喜」〔Announciation〕）。任務之難，可以想像。根據《路加福音》：當瑪利亞聽到天使說主與你同在，感到「惶惑不安」，然後天使安慰她「不要怕」，再傳遞上帝的旨意。這個場面，歷代大小畫家畫了又畫，成為西方美術一大母題，也可說是天使受命以來最大的成就。用畫筆傳遞經文，自然是後設的，既要細讀原典，又盡可能參看前輩同行之作，受到這樣那樣或正或負的影響。多年來，名作不少，包括安基利訶修士（Fra Angelico）、列奧納多的作品。他們畫的那位天使，從畫的左邊降臨（《路加福音》說執行任務的是天使長加伯列，據說好消息大多由加伯列執

　　　　　　　　　　　那一隻生了厚繭的手

行，故有「報喜天使」的美譽。但對一般人，尤其是未婚少女來說，這不可能是喜訊），跟聖母在畫中一左一右。看列奧納多·達文西畫他的行頭，小武那樣的身手，令人注目；他的雙翼，真像從背上生長出來的。

這位來自文西的通才大家，畫這畫時才二十歲左右（約 1470—1475 年）。天使下跪一足，地上是繁密的花草，左手持百合花，右手兩指上伸。背景是松柏等樹木，畫面一直延伸出海，呈現準確的幾何透視。瑪利亞則坐在門庭外看書，聽到消息，左手不自然地向後屈縮。前面是穩重雕花的桌子，背後同樣是厚重的建築。畫面一分為二，半為天造，半屬人設。這畫最有意味的地方是瑪利亞不再在室內，而坐在門外，如果不知經文，沒頭沒腦，難保不會誤以為她是守門的票務員呢。耶穌果爾就是通過她九個月後降生，道成肉身，時維三月二十五日；通過她，從而開啟人類性靈新的一頁。「我是主的使女，」瑪利亞答。她是整個新約訊息的信差（bearer），她原來是天使中的天使。從十一至十四世紀，歐洲建築的教堂，大多就呈獻給聖母瑪利亞；翡冷翠一地尤其鍾愛以她的名字命名。據說列奧納多的繪畫生涯也是從繪畫天使開始的，老師讓他畫一個不佔重

要位置的天使，立即認定他青出於藍，自己從此放下畫筆讓路。天使，是否也賦予列奧納多對人類飛行的想像呢？

　　至於稍早的安基利訶修士之作（約 1440—1450 年年），繪在翡冷翠聖馬可修道院二樓面對樓梯入口走廊的牆壁上，這是他為修道院繪畫耶穌故事數十幅傑作之一，樓下另有他個人的展館。聖馬可原為安基利訶當年修道之地。觀者走上樓梯，抬頭就看見瑪利亞坐在前面羅馬式拱券之內，簡淡素淨，科林斯的廊柱，遠近相連，中間的一枚把天使和瑪利亞分隔開。加伯列看來頗女性化，衣裙粉紅而帶金黃，瑪利亞則黑袍白衣，形成對比；細看加伯列的背翼，竟是由多種繽紛的色彩編成。這是我親見芸芸《聖告》裏最精彩的作品。而且必須指出，聖馬可修道院樓下的走廊就是以科林斯廊柱相連，修士的畫刻意造成一種幻覺的實景，好像天使降臨，瑪利亞就住在修道院裏，這是《聖告》的現場，所有觀者都成為了見證。再細看她的衣服，顯然就是多明我僧袍的樣式。畫中有一小窗，也是二樓眾多隱修小室的寫照。我們這才洞悉安基利訶的深思。

　　聖馬可的修士宿舍有四十四間之多。他和助手為這

些修士牢房似的小室各畫一幅壁畫，其中在東翼第一個小室，他同時畫了另一幅《聖告》，畫法更簡練，天使站立，瑪利亞半跪半站，同樣雙手合抱。看這壁畫，觀者或置身室內，或依靠門邊，與觀看走廊的不同，不在外，而在內。背景於是改成室內弧形的橋拱，左門邊站着禱告的前修聖彼得，凝視，若有所思；額頭在滲血。這真是完美的作品，中國人所謂情景交融。在這小室潛修的修士，一定感悟良多。

安基利訶，意即「天使」，這位修士畫家原名圭多‧迪‧彼得羅（Guido di Pietro），天使之名是他過世後信徒對他的美稱。據瓦薩里記載，他矢志以藝術宏揚基督精神，曾為此放棄出任翡冷翠大主教之職，而轉薦他人；平素則祥和可親，令人感到神職人士合該以他這麼一位「天使兄弟」為楷模。《聖告》的題材，他畫了不少，壁畫之外，他稍早些畫過蛋彩的板畫，把加伯列的衣裙畫得更加艷亮，而且進佔畫的中央，左邊則以淡素之色另畫阿當夏娃被逐出伊甸園，上有天使押送；這畫今藏馬德里的普拉多博物館，畫的下方分別畫上五幅聖母種種事跡的小畫，豐富些，也細緻些。另一幅則篇幅較小，在聖馬可的樓下展出，是瑪利亞組畫之一，

天使的翅膀，像旗幟；還有一幅篇幅更小。但終究是走廊和小室的濕壁畫最動人，正由於下筆必須迅速、準確，得在濕牆乾竭之前完成，反而鉛華輕淡，獲得明淨清純的效果。他抓住了最重要的東西，而無需裝飾。

信差而得與聖母分庭抗禮，固然因為一位是神使、天帝的欽差，另一位當時仍是凡人；儘管天使修士以及大多數的畫家已同時為瑪利亞加上光環，但瑪利亞在羅馬天主教的地位，要經過漫長的演變、發展。公元 392 年，教皇西利修斯宣告她是卒世童貞；1547 年天特會議，宣告她無沾原罪；至 1892 年，利奧十三世才通諭：她位居眾天使與眾人之上，只有她站立在基督之旁。不過更重要的，我想，應該還是美學上的考慮，讓施與受同時兼得平衡對稱的效果。天使降臨，大多在左，偶而在右，這關係西方人的閱讀習慣，由左到右，先是施授，然後是收受。中世紀的畫家，通常喜歡在畫面上同時以金箔寫出訊息的字句，倘由右至左，就不易處理。希伯萊文，以至阿拉伯文才由右至左。中國傳統的繪畫，特別是長卷，總是由右至左，同樣是書寫習慣使然。至於瑪利亞，在畫裏總表現出一種平常心，處變固然不驚，喜呢，也未見得，年紀輕輕，大多已一派從

容鎮定，大抵虔誠已久，隨時準備看見天使。畫家畫受知的聖母，儀容都相當收斂、克制，都拒絕把她畫成驚惶失態，充其量稍露驚異之色罷了，更多的是靜想、沉思。這是中世紀以降，聖像畫的傳統。再加上百合花等象徵貞潔、光線和白鴿象徵性靈，乃成程式。

長期以來，瑪利亞毋寧體現了西方對完美女性的看法，畫家既不敢也不想稍越雷池。相傳跟馬提尼同時的安布羅喬・洛倫澤蒂（Ambroio Lorenzetti）畫過同樣的題材，嘗試把聽到消息後的瑪利亞表現為驚惶失措，調頭轉身，緊抱一根圓柱；大家都不接受，不得不重整儀容，結果整得不成樣子，畫已不存。反而天使，尤其是小天使（Cherubim），以 putti（男孩）形象出現，像愛神丘比得，盡有發揮的空間。天使可男可女，像中國的觀音，又可小可大，在德國、北歐，在佛蘭斯畫家筆下，小頑皮似的，飛翔頑耍，成為「嬉鬧的小東西」（busy little things）；在波提切尼筆下則出之美少女的矯姿，身穿美麗的衣裙，在空中，在地上手牽着手。她們也當畫板是舞臺，時而表演舞蹈，時而演奏音樂，成為烘托。

但出色的藝術家，在程式裏仍然可以表現獨特的

才能。十三世紀初，喬托在意大利帕多瓦（Padua）斯克羅威尼禮拜堂畫出了連串瑪利亞和耶穌的故事（約1304—1306年左右），就整體成績而論，後人難以超越。這是喬托繼阿西西大教堂繪畫聖方濟生平之後的傑作，而且技巧更成熟。他在這裏畫過兩次《聖告》，在重複裏有變化，都與別不同。一次是天使向耶穌的祖母聖安妮宣告瑪利亞的誕生，他畫的屋宇，像不設門的娃娃屋，一反過去中世紀畫家的平板，而呈現縱深的透視，這手法後來成為畫家的慣技，以至濫用後，如今倒平添一種樸素感，儼如臨時架搭的舞臺。有趣的是，如今斯克羅威尼禮拜堂旁的展館，反過來按照繪畫，重建了這麼一幢屋宇。畫裏聖安妮在中央的房間下跪，天使在右上角的窗口伸入上半身子，左邊連接到室外，一位女傭在有上蓋的門外面對觀眾，如常地編織。把世俗的生活與超自然的體驗並置，前所罕有。隨着平民經濟的勃興，喬托的畫，出現了許多的平民形象：牧民、工人；加上動物、植物，看似無關宏旨，其實是一大革新，是把神異的故事，融入時人的生活經驗裏，變得可感可親。平民甚至成為敍事的觀點，時而思考，時而議論。他畫的天使，在早期阿西西繪畫聖方濟生平，飛翔

　　　　　　　　　那一隻生了厚繭的手

時還畫上雙腿，至此則索性把雙腿抹去，展現動感，彷彿彗星；他的天空，是地中海的深藍，而不用金箔；有些聖徒的光環也不用金箔。我們總有過這樣的經驗，在羅浮宮，在烏菲茲，走過放滿中世紀繪畫的美術館，看到太多的金箔，太多的樣板、太多木無表情的聖徒、聖子與聖母，疲不能興。中世紀繪畫的毛病，與其說出於技法，毋寧是觀念。那是美學屈從於宗教法則的時代。

直到喬托出現，那才是我們懂得的語言。基督世界，不再是想當然的精神世界；而是看得見、聽得懂的物質世界。超自然的世界，而以世俗的現實主義處理，不免是「解神話化」（demythologization），不過，事實證明，他為這傳訊的專業重新輸入活力；幸好他當時已名滿整個意大利，獲得尊重。在《愛麗思夢遊奇境》的續篇：《走到鏡子裏》，獨角獸跟愛麗思說：「你要相信有我，我就相信有你。」彼此互信，把懷疑擱置，故事才得以開展，道理淺顯，愛麗思豈能不同意。喬托畫另一個更重要的《聖告》，就在小禮拜堂的入口上面，天使改在左面，瑪利亞在右，他可能是第一個把二者順序對調的人；同期意大利畫家杜契奧（Duccio）的《聖告》，也開始把天使安排在左邊了，但作品稍遲，

成於 1311 年。喬托利用了禮拜堂進入內室半圓的拱門，把兩者分隔開。分隔，但並沒有中斷我們的閱讀：他沿半圓的拱門邊描上圖案，看來就像天使與瑪利亞之間流動的話語；又為兩者畫上對稱的小陽臺，而融入建築的實境裏，令人如幻似真。我在禮拜堂裏一路瀏覽，走到另一頭《最後審判》前，回過頭來看祭壇外的《聖告》，圓形的刻畫，充滿質感、力量，小陽臺更彷彿要破壁而出。喬托這一系列壁畫，在中世紀晚期，一定產生極大的震撼，其力量不啻後來路德用德語翻譯希臘文的新約。但丁在《神曲・煉獄篇》中這樣稱頌喬托：「奇馬布埃曾想叱吒畫壇，／可如今喬托成為風尚，／前者遂聲光暗淡。」

喬托並沒有也不可能完全解決透視的問題，他偶爾也不得不和習見妥協，比方他畫聖徒的光環，面向觀眾的沒有問題，背向的就仍然把光環畫在背後，實則遮蓋了臉面。不過喬托之後一百年，阿爾貝蒂（Alberti）才寫出透視學的論文（1435 年），闡明焦點透視的原理：特定的人在特定的時間、角度的觀察；他的觀察有消失點。西方《聖告》以至其他的繪畫，終於告別中世紀呆滯、平面的畫法。十五世紀之前，《聖告》的

名作，包括加華連尼（Pietro Cavallini，1291 年）、馬提尼（Simone Martini，1333 年），十五世紀後又有弗朗切斯科‧德‧科薩（Francesco del Cossa，約 1470—1472 年）、波提切尼（1489 年）、腓力波‧利比修士（Fra Filippo Lippi，約 1450 年），以及低地畫家克里司圖斯（Petrus Christus，1452 年）、范‧艾克（Jan van Eyck）在十四世紀末、魏登（Rogier van der Weyden）在十五世紀初的作品。後二者已同樣把加伯列安排在左邊，衣飾都畫得極盡富麗堂皇之能事，畫技已臻登峰造極，但施與受的天秤，不免左移。從《聖告》也可以看到弗德蘭畫家對物質的肌理、佈置的興趣，難怪後來出現大量禽鳥、花卉、食物等靜物的細緻描摹。其中馬提尼的瑪利亞上身後退，略顯驚異的神情。克里司圖斯的天使身穿素白，瑪利亞反而披上奪目的紅衣；在哥特式的教堂內，中間開了一小門，把觀眾的視線引向遠方的屋宇。至於利比修士的作品，則天使下跪，聖母站立，身軀很修長，趣味都在繁密的背景上，華麗雕琢的古羅馬建築，再遠處是花園，一如范‧艾克、魏登和梅姆林，裝飾的東西譬如衣服的紋理，幾有喧賓奪主之勢，令人覺得畫家對繪畫本身着迷的程

度，遠遠超過要繪畫的對象。這位修士的生平，經過瓦薩里道聽塗説的渲染，變成輕薄不羈的人物，跟安基利訶形成對比，儼如一對好壞天使。

在弗朗切斯科·德·科蕯的作品裏，背景是複雜華麗的門廊，瑪利亞彷彿從深宮裏出來接受聖告，奇妙的是畫右的地上，出現了一隻爬行的蝸牛，在畫框邊緣，介乎畫裏畫外，令人遐想。到了洛圖（Lorenzo Lotto，約 1520 年），同樣別出心裁，把瑪利亞和天使的位置重調，瑪利亞面向觀眾，兩手從合十裏分開，臉容可仍不失莊重；二者之間，不是百合花之類象徵之物，而是一頭驚惶走避的貓，平添了戲劇的效果。特別的是，右上方，同時畫了上帝，騰雲而下，模樣似來自米基朗開羅；祂既親臨，又差信使，雙管齊下。洛圖之前已有前科，包括弗朗切斯科·德·科蕯、安基利訶修士、莫納科（Lorenzo Monaco，1296—1350 年）在內。芸芸《聖告》，總括而言，大抵讓天使跟聖母春色平分，甚至多分，不妨説是畫家對天使的讚禮。這方面，畫家未始不是另一類的專遞，身無彩翼，不以速度爭勝，卻有靈光的想像，再用本行的色彩語言加以發揮；成功的，甚至賦予訊息更新、更富彈性，也更有個性的生命。藝術為

那一隻生了厚繭的手

信仰加添翅膀，把它帶到更遙遠的地方，而且有解除敵意的力量。我不是信徒，我是看了藝術的傳譯，才回頭來翻查聖經的。

我對天使的興趣，的確是拜藝術家所賜，我曾嘗試在歐洲不同的地方玩味這題材。同一的消息，在不同時空的天使會說出微妙的變化，天使與天使其實也在對話。在比利時根特看到范‧艾克兩兄弟的三折屏風祭壇大畫《羔羊的讚禮》（約 1432 年），我曾低徊良久。這畫人物眾多，氣勢磅礡，下折的羔羊站在祭台上，成為焦點，台下圍了一群天使，其中前面左右兩位，拋動小香爐；上面的外折兩側也描繪了《聖告》的場面，像喬托那樣，天使和瑪利亞分站兩邊，都穿白色素衣。但印象最深刻的，還是喬托在帕多瓦的《聖殤》，這是整個故事的高潮，儘管餘音裊裊：基督從十字架卸下，天地為之悲慟，聖母和聖徒固然抑鬱含愁，右邊山岡上一棵枯樹，上面慘藍的天空，有十個小天使，飛翔的姿態有異，更激情地表現出不同的悲苦，一個掩面，一個仰天，哀慟之深比人間尤有過之。喬托運用了透視縮短法，天使好像要飛出畫面外。如果孤立地看，這不無濫情之嫌，但因為經過一系列連環圖式的鋪陳，至此要讓

抑鬱的感情釋放。然則天使，豈止是信差而已？他們用肢體語言傳遞了整個新約的悲劇。

十八世紀以後，天使逐漸在畫壇消失，大部分的天使，在震耳欲聾的工業革命降臨之時，飛走了。其後代之而起的，是飛行的鐵鳥，是 DHL、FedEx、UPS。與其說是天使變了，毋寧是讓他們翱翔的空間變了，一直在變，從灰泥牆壁，到畫板，到電影的屏幕上，流落在柏林的穹蒼下，以至荷里活幾則溫情的流行小品裏，你發現他們，更多的時候，原來屈居在聖誕卡內，必須貼上足夠的郵票，才能夠飛出去。人類送給他們的光環，像分了手的情人，無情地取回。當倫勃朗在十七世紀描畫《創世紀》裏雅各和天使摔跤的故事（1659年），他把兩者的搏鬥，表現為擁抱；到了十九世紀末的高更，同樣的故事，卻成為一群農婦眼中夢幻似的情景（1888年）。這是多麼大的變化。傳譯聖經的信徒本來就相信，這摔跤天使，其實是上帝的化身。高更本來想把作品送給他當時寄寓附近的阿維納橋教堂，卻被神父拒絕了。諷刺的是這畫仍被印象派大師畢沙羅斥責為倒退。近代最佳的天使，倘由我選，則我寧選不以天使之名出現：王爾德《快樂王子》裏的燕子。牠替王子

　　　　　　　那一隻生了厚繭的手

把寶石、信心、溫暖等帶給貧窮愁苦的人，而牠自己其實並非賴此為業，牠只是義工，只因為王子這個人間天之驕子自己做不來，他是一座雕塑，唯有由牠代勞。牠送這送那，耽誤了飛往南方避寒的時限，結果賠上了性命。牠不佔書名，卻擔戲相當。所以，王爾德在收結時添上一筆：燕子死後，上了天堂，從此在天國裏榮耀上帝。牠好像終於成了名正言順的天使。

我當然還記得加西亞・馬爾克斯的《巨翼老人》，寫老天使落難人間，被農民收養，卻像馬戲班珍禽異獸那樣讓其他人買票觀看。那是文學藝術裏最老的天使了，人世的年華易老，哪怕是天使。當然，鄉村的神父鑑定後說，他未必就是天使；理由是：翅膀既不能區別鷂鷹與飛機在本質上的差異，又怎能據此識別天使？外表的有翼無翼，的確不能當是判別天使的準則。吵鬧的鑼鼓，不一定就是音樂。可是反過來，沒有翼，我們會相信他同樣是可以帶給人溫暖的天使嗎？貢布里希在《多比倫和天使》一文中說：「阿撒利亞被畫上翅膀，是因為沒有翅膀，就沒有人把他當天使。」另一位德語作者 Gottfried Knapp 在《天使、天使長，以及天空中的伙伴》中認為天使有翼，純是藝術家的創造，濫

觸自四世紀時羅馬 Santa Pudenziana 教堂一位無名鑲嵌畫家的作品，此前並無任何經文的記載云云。不過現存最早的有翼天神，應數雕刻在瑪雅文化遺留的神柱上，可遠溯至公元前 400 年。此外，我嘗試翻過正典經文，自覺不夠用功，仍讀到《舊約‧以賽亞書》第六章第二節，的確寫過幾位天使長撒拉弗（Seraphim）有翼的記載，這是以賽亞見的異象：

　　「（主）之上有撒拉弗，各有六個翅膀：用兩個翅膀遮臉，兩個翅膀遮腳，兩個翅膀飛翔。」

　　不單有翼，而且有六翼。要飛翔，兩翼就夠了，其他的，原來另有作用。死海昆蘭發現完整的《以賽亞書》古抄本，為耶穌之前百多年之物。可見藝術家並非向壁虛構；不過，儘管並非傳訛，卻有推波助瀾之功。這些翅膀，偶而竟也回送到上帝去了。喬托在阿西西畫有六翼上帝；在羅浮宮的《聖法蘭西斯接受聖痕》，同樣繪畫空中的上帝，雙手雙腳射出神靈的光線，與地上的聖徒法蘭西斯串連；上帝，身前身後也有六張翅膀。說來有趣，中國敦煌的壁畫飛天，源自西域，頭有光

　　　　　　　　　那一隻生了厚繭的手